LAUINGER VERLAG

Das Buch

Liebe im Alter - gibt's die? Darf es sie geben?
Die erwachsenen Kinder von Tom und Fiona, seiner lange bekämpften Nachbarin, würden dies peinlich berührt verneinen. »Im Alter«, klärt Toms Sohn Philipp seinen Vater auf, »hat man doch nichts mehr zu tun als einigermaßen anständig zu verlöschen.« Das sehen die beiden 70-Jährigen natürlich anders. Und was, wenn sie sich erdreisten, nicht nur lieben, sondern auch noch heiraten zu wollen?
Mit spitzer Feder und Humor nimmt sich Ruth Gleissner-Bartholdi dieses Themas an. Ihr Roman ist ein Plädoyer für das Selbstbestimmungsrecht der Alten.

Die Autorin

Ruth Gleissner-Bartholdi (* 1937) studierte Sprachen und war lange Zeit als Ostexpertin bei der Deutschen Presse Agentur, danach als Außenpolitik-Redakteurin und Kolumnistin bei der Badischen Zeitung Freiburg tätig. Seit 1967 veröffentlicht sie Romane und Krimis, darunter die 2014 bei Der Kleine Buch Verlag erschienenen Wein-Krimis »Ein perfekter Abgang«.
In ihrem neuen Roman thematisiert Ruth Gleissner-Bartholdi das Tabuthema »Liebe im Alter« auf humorvolle und äußerst liebenswerte Weise und will damit Mut machen, Verständnis schaffen und nicht zuletzt gut unterhalten.

Ruth
Gleissner-Bartholdi

Der geteilte BAUM

Roman einer
späten Liebe

Lauinger Verlag

Die deutsche Nationalbibliothek verzeichnet diese Publikation in der Deutschen Nationalbibliografie; detaillierte bibliografische Daten sind im Internet unter www.dnb.de abrufbar.

Projektmanagement, Lektorat, Umschlaggestaltung, Satz & Layout:
Beatrice Hildebrand
Korrektorat: Julia Barisic
Umschlagabbildung: Hand painted green tree. Designed by Freepik.com
Printed in EU

ISBN: 978-3-7650-9119-3

Dieser Titel erscheint auch als E-Book:
ISBN: 978-3-7650-2138-1

www.derkleinebuchverlag.de
www.lauinger-verlag.de
www.facebook.com/DerKleineBuchVerlag

Alles wirkliche Leben ist Begegnung

Martin Buber

Für Field

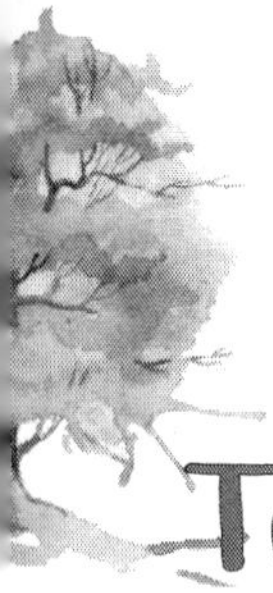

Tom

Ich wusste, es würde *der* Tag werden. Ich wusste es, als ich in das erste Märzmorgenlicht blinzelte. Und ich wusste, danach würde nichts mehr so sein wie vordem.

Der Gedanke schwebte ein paar Mal durch den Raum. Dann legte er sich plötzlich bleischwer auf meine Brust. So hatte ich mir das anvisierte Jahr hier nicht gedacht. So nicht, Herrschaften!

Ich hörte noch Phils Stimme am Telefon, fast aufgeregt: »Papa, ich hab *die* Klause für dich! Im Markgräflerland, in einem Dorf zwischen Wald und Reben, am Hang, ziemlich oben, ziemlich einsam, bloß noch ein ehemaliger kleiner Bauernhof und zwei Hütten in der Nähe, gebaut wird da noch lange nicht, du hast eine herrliche Sicht auf die Rheinebene und die Vogesen, 250 Meter sind es runter ins Ortszentrum, das schaffst du mühelos zu Fuß, und das Schönste: das Ganze ist in meiner Nähe, eine knappe Autostunde, Freiburg und Basel nicht weit weg, Frankreich in Sichtweite, im netten kleinen Müllheim kannst du Entschleunigung lernen, du sagst ja gar nichts, wie findest du das?«

»Gut, dass du mal Luft holen musst, sonst käme ich nie zu Wort. Also, ich finde, das hört sich recht gut an.«

Ich wünschte mir Abstand vom Rummel um mein Buch *Die Zukunft liegt schon hinter uns*, einer – wie mir die Rezensionen bestätigten – schonungslosen Analyse des Umgangs der Menschheit mit der Natur. Und ich hoffte auf Ruhe für die Fortsetzung, der ich den Titel *Der große Irrtum* geben wollte. Es würde um die irrige Auffassung gehen, die Erde sei uns untertan. Mich sollte in dieser neuen kreativen Phase niemand aufstöbern. Falls sich dies nicht vermeiden ließ, wollte ich es dem Störenfried wenigstens schwer machen. Warum also nicht in das von Phil entdeckte Nest ziehen?

Ich hätte mir denken sollen, dass mein begeisterungsfähiger Sohn das Bild einer Idylle entwarf, dem sich die Wirklichkeit verweigerte.

Gut, das kleine Haus am Hang über dem Dörfchen war maßgeschneidert für mich. Es bot Platz für die wenigen Möbel und vielen Bücher, vor allem aber für den ausladenden Schreibtisch. Und wundersamerweise – Dank an den Vormieter! – waren die nötigen Anschlüsse für zeitgemäße Technik vorhanden. Im Sommer würde ich die Kabel durch die Tür auf die Terrasse legen und dort arbeiten können, vor mir die schier unendliche Rheinebene, links und rechts Rebhänge, deren herbstliche Erträge ich mir mit Behagen vorstellte, und wo sie endeten, kletterte eine lichte Mischung aus Laub- und Nadelbäumen bis hinauf auf die Höhen des Südschwarzwalds.

Unten duckten sich die Dächer zum Teil sehr alter Häuser um ein Kirchlein mit hölzernem Turm, dessen Glocke mich zuerst wegen ihres – wie mir schien – herrschsüchtigen Tons um meine Ruhe fürchten ließ, dann nur noch leicht irritierte, bereits eine Woche später aber mit dem regelmäßigen Läuten am Morgen und Abend zum festen Rhythmus meines Lebens als Einsiedler geworden war. Einsiedler in meinen vier Wänden, um zu präzisieren. Denn bei der Schilderung meiner Nachbarschaft hatte sich Phil, der sonst alles übergenau anschaute, grob vertan – oder gemutmaßt, ich würde mich angesichts des durchaus reizvollen Häuschens mit der übrigen Realität schon anfreunden.

Gewiss, der alte Hof war ein Stück entfernt, genau wie ein unauffälliger Neubau daneben. Aber rechts von *meinem* Grundstück, etwas nach unten versetzt, lag unüber- und sehr einsehbar (auch in umgekehrter Richtung) ein Fachwerkhaus, nicht groß, aber für mich doch wegen der Nähe ein Ärgernis.

»Die alte Eigentümerin ist vor ein paar Jahren gestorben, die Erben haben es jetzt restaurieren lassen und wollen es, wie ich höre, als Ferienhaus vermieten; das kann dich nicht besonders stören, weil die Saison nicht das ganze Jahr dauert und die Leute wieder verschwinden; und viele können es auch nicht sein, weil so viel Platz gar nicht vorhanden ist, und mehr als ein Auto bringen die auch nicht unter; am Straßenrand dürfen sie eh nicht parken, weil dann der Müllwagen und die so genannte Stadtreinigung nicht mehr durchkommen; du hast also nichts zu befürchten.« Phil sprach noch schneller als gewöhnlich und wieder ohne Punkt. Den setzte ich, indem ich beschloss, mich mit den Gegebenheiten abzufinden.

Das hätte ich nicht tun sollen. Es stellte sich nämlich heraus, dass nebenan keinesfalls ein paar Leute Ferien machen würden. Nein, ich würde auf Dauer Nachbarschaft haben. Und ausgerechnet eine Frau. Eine F-R-A-U! Die Seniorin der Erbengemeinschaft höchstselbst. Ohne Mann. Und, als ob Frau allein nicht reichen würde: Engländerin! Auch das noch! Wahrscheinlich sprach sie kein Wort Deutsch – Engländer tun das selten – und ich, der Sprache mächtig, würde dolmetschen müssen – sonst war ja niemand greifbar. Goethes Gretchen fiel meinem aufgescheuchten Hirn ein: *Meine Ruh ist hin, mein Herz ist schwer; ich finde sie nimmer und nimmer mehr.*

Frauen, dachte ich, machten immer alles schwierig. Umso mehr, wenn sie alt waren und allein. Und die Lady war alt, wie gestern Abend jemand im Dorfgasthof *Pfauen* wusste, wo ich meinen Frust in Gesellschaft ersaufen wollte. Wie alt? Keine Ahnung. Mindestens 70 sollte sie sein. Vermutlich also mein Jahrgang, plus/minus. Nur: Mit 70 war ein Mann gemeinhin noch in den besten Jahren, eine Frau hingegen wirklich alt. Was, fragte ich mich, wollte so eine, frisch aus London importiert, hier oben? Dass sie frisch aus London kam, stand für mich fest. Nur Großstädter konnten auf die abwegige Idee kommen, sich in einem Dorf zu vergraben.

Was also wollte sie ausgerechnet hier und dann noch neben mir? Zu Fuß würde sie den Weg ins und vom Dorf doch nicht mehr schaffen, überlegte ich. Also fuhr sie Auto. Mit 70! Und dann die schmale, kurvige Asphalttrasse hier herauf. Im Winter! Bei Eis und Schnee! Stecken bleiben würde sie nach den ersten drei Flocken und Hilfe brauchen. Oder der Motor sprang nicht an, weil sie (wie denn sonst!) das Licht an ihrem sicher ebenfalls bejahrten Fahrzeug nicht ausgeschaltet und die Batterie hatte leerlaufen lassen. Und wer besaß ein Überleitungskabel, um derselben neuen Saft zu geben? Ich Idiot, natürlich. Da spätestens würde sie kapitulieren.

Und wenn nicht? Wer würde für sie einkaufen? Zur Bank gehen? Online-Banking machte ja nicht mal ich und zwar nicht, weil ich dazu unfähig wäre, sondern einzig und allein, weil mir das System viel zu unsicher ist. Die alte Lady, das war anzunehmen, hätte von moderner Technik überhaupt keine Ahnung. Ich kannte etliche sogar jüngere Menschen, die Computer leidenschaftlich und prinzipiell ablehnten, weil sie angeblich das selbstständige Denken behinderten, und sich folglich weigerten, einen solchen anzuschaffen. Die meisten davon Frauen? Ich wollte mich da nicht festlegen, obwohl denen ohnehin der typisch männliche Forscherdrang abging.

Ich jedenfalls gehörte zu den Ersten, die die neue Kommunikationstechnik erlernt hatten und begeistert nutzten. Dass ich durch meinen Beruf als Wissenschaftsjournalist dazu gezwungen wurde, weil man mir andernfalls meine Korrespondentenverträge gekündigt hätte, und dass ich mehr als einen Computer bei Wutanfällen demoliert habe, war ein böses Gerücht. (Außerdem: Wer hätte das nicht schon mindestens einmal gern getan, ehrlich!) Was mich daran erinnerte, dass ich meine E-Mails *checken* musste. Man *sieht nach*, ob Post im Briefkasten ist, aber elektronische Briefeingänge werden *gecheckt*. Letzteres würde die greise Engländerin vermutlich verstehen, rein sprachlich natürlich.

Mit einem Ruck löste ich mich aus meinen Gedanken und sprang endlich aus dem Bett, gähnte die 7.53-Uhr-Sonne an, die sich strahlend über die Hügelkette erhoben hatte und uns einen südlich-warmen Lenztag bescheren wollte, und vollzog sodann das übliche Morgenritual: duschen (nicht rasieren, nein, das tat ich nur jeden vierten Tag – sollte ich meine Stoppeln für ein paar Dörfler abschaben?), die Kaffeemaschine anwerfen, Brötchen aufbacken, Zeitung aus dem Rohr holen und, sich hinter derselben verkriechend, das erste Mahl des Tages einnehmen.

Damit war ich fast fertig, als ich hörte, wie sich ein Dieselmotor stöhnend den Hang heraufquälte. Der Möbelwagen. Die Lady reiste an! Oder vielmehr, berichtigte ich mich, ihre Sachen. Ich lief die Treppe hinunter in mein Arbeitszimmer, dessen Seitenfenster einen (hoffte ich) unauffälligen Blick auf das Geschehen nebenan erlaubte, und sah hinaus.

In der Tat: Der Möbeltransporter hielt mit einem spürbaren Ruck vor dem Nachbarhaus. Zwei junge Männer sprangen aus der Fahrerkabine und sofort zur Seite, weil ein grünes Vehikelchen, das mich an einen Frosch erinnerte, ziemlich forsch auf dem frei gebliebenen schmalen Straßenstreifen vorbeifuhr, dann ebenso forsch abgebremst und vor den Möbelwaren bugsiert wurde.

Dem Frosch entklommen (ja: entklommen, schönes Wort, habe ich gerade erfunden) eilig zwei Frauen und ein jüngerer Mann. Also doch Feriengäste?, überlegte ich zwei Sekunden lang hoffnungsfroh, als mir einfiel, dass Touristen selten mit allen Möbeln anzureisen pflegten. Die drei verschwanden, noch ehe ich sie richtig begutachten konnte, ins Haus, während sich die Spediteure an den Türen ihres Fahrzeugs zu schaffen machten.

Dies, ahnte ich, würde der kaum erträgliche Auftakt einer kaum erträglichen Nachbarschaft werden. Mein Blutdruck, normalerweise an der oberen Untergrenze, setzte zum Steigflug an und mein Magen drohte, sich in falscher Richtung vom Frühstück zu trennen. Dagegen half nur eines: ein kräftiger Schluck aus der Arzneiflasche mit dem Aufdruck *Williams Christ*. Vorausschauend hatte ich mich damit gleich nach dem Einzug verproviantiert und jeweils eine Flasche dort bereitgestellt, wo akute Notfälle eintreten konnten – im (vom Makler sogenannten) *Salon*, im *Studio* (womit er das Arbeitszimmer meinte), im Schlafraum, in Bad und Küche. Ausgespart hatte ich den kleinen Raum neben dem Salon, wo ein bei mir hängengebliebener Gast (männl.) im äußersten Fall übernachten konnte. Auch ihm eine Birnendeponie einzurichten, hielt ich für übertrieben.

Ich griff also in das Notfallfach im Schreibtisch und goss mir eine Dosis meines probaten Beruhigungsmittels ein, von dessen blutdrucksenkender Wirkung ich mich zum wiederholten Mal überzeugen lassen wollte. So richtig aber schien das nicht zu gelingen. Ich spähte hinter der Gardine nach nebenan, sah aber lediglich die Packer ihres Amtes walten. Allzu gern hätte ich einen Blick auf die Lady geworfen. Sie musste eine der beiden Frauen aus dem Frosch sein. Aber welche? Leider hatte ich auch nicht sehen können, was sie aus ihrem *Auto* hineinschleppten, weil ich nicht um die Ecke schauen konnte. Mit Sicherheit war irgendein Haustier dabei. Mindestens eines. Alte Ladies pflegten Schoßhündchen zu haben oder Katzen oder Kanarienvögel oder Hamster oder weiße Ratten oder alles zusammen.

Ich begann, mich über Phil zu ärgern. Er hätte wissen müssen, dass das kleine Fachwerkhaus nebenan nicht an Touristen vermietet, sondern von der bejahrten Eigentümerin oder Erbin oder was auch immer, jedenfalls einer Greisin bewohnt werden würde. Aus London. Mit Hunden vermutlich, hier oben am Hang, in relativer Einsamkeit. Alte Frauen, wusste man schließlich, brauchten dauernd Gesellschaft, und zwar von Lebewesen, die sie dominieren konnten. Keine Frage, die Lady hatte todsicher einen Vierbeiner, der alsbald dauerkläffend aus der Tür stürzen, durch die Reste der einstigen Buchenhecke zwischen unseren Grundstücken hechten und einen meiner Bäume zu seinem Lieblings-Abort erwählen würde. Und dann die Hundehaufen überall! Mehr noch: Wen der Kläffer schnüffelnd ansprang – *»Er will bloß spielen«*, würde die Lady wie alle Hundehalter sagen, bis so ein Vieh sich als Zubeißwunder entpuppte –, wen er also schnüffelnd ansprang und nach diesem Test nicht zu goutieren glaubte, der musste um seine Waden oder die nächsthöhere Körperregion fürchten.

Aber womöglich, dachte ich nach ein paar weiteren Tropfen *Arznei*, hat sie doch keinen Köter, sondern eine Katze. *Eine* Katze? Nein, vermutlich mindestens zwei von der Sorte. Die respektierten mit Sicherheit ebenfalls keine Grundstücksgrenzen und würden in mein Reich ausschwärmen. Naheliegend – dafür hatten die ein Näschen. Sie würden mein Haus erkunden wollen, außen und innen, wenn ich nicht von jetzt an Fenster und Türen geschlossen hielt. Auf der Terrasse vor meinem Arbeitszimmer im Erdgeschoss würden sie es sich ohnehin gemütlich machen, denn hier stand mein Liege- und Nachdenksessel selbst im Winter, allerdings abgedeckt, was für Katzen aber noch nie ein Hinderungsgrund war: Sie würden halt darunter kriechen. Ich müsste folglich den Stuhl entfernen samt dem Tisch, auf dem sie ohne Zweifel in der Wintersonne, die hier recht warm sein konnte, schlummern würden. Wenn sie nicht gerade auf der Jagd wären. Moderne Katzen, habe ich gelesen, fangen Mäuse, Schlangen, Kröten – und was weiß ich nicht noch alles – *nicht*, um sich davon zu ernähren, sondern um sie ihren Menschen stolz vor die Füße zu legen – lebendig.

Ich stellte mir vor, wie die Tiere dann auch mir, den sie vermutlich sofort ins Herz schließen würden – Katzen liebten mich aus unerklärlichen Gründen von jeher –, ihre Beute präsentierten. Bei dem Gedanken an lebendfrische Mäuse in meiner Klause machte mein Magen einige riskante Bewegungen – man konnte schon von Konvulsionen sprechen –, sodass ich eiligst ein paar begütigende Birnentropfen hinunterschickte.

Ruhig, mein Junge, mahnte ich mich. Du eilst den Fakten voraus. Was, wenn sie – oh Wunder – gar keine Vierbeiner gleich welcher lästigen Sorte hätte? Sondern, sagen wir mal, einen Kanarienvogel? Ein für Greisinnen gezüchtetes, albernes, gelbes Mini-Federvieh? Das wäre, verglichen mit Hundehaufen allüberall oder Lebendgetier im Haus, zwar nicht direkt ekelhaft, aber in anderer Weise unangenehm: Vögel in Käfigen zu halten, war für mich unerträglich. Als leidenschaftlicher Tierschützer müsste ich einschreiten: *»Lady, Sie haben, wie ich zu hören gezwungen bin, einen Vogel im Käfig. Geben Sie ihn frei!«*

Sie würde mich durch ihre sicher dicke Brille erstaunt und pikiert ansehen: *»Sonst haben Sie keine Sorgen?«*

»Oh doch!« Und dann würde ich zu einem längeren Vortrag anheben, der in die nüchterne Feststellung mündete: *»Sie sind eine Tierquälerin. Ich werde Sie anzeigen.«* Das gäbe Ärger. Aber es wäre völlig egal, schließlich musste man irgendwo einmal mit dem Klarstellen beginnen. Und vieles würde noch dazukommen, wie zum Beispiel der Garten. Ihrer grenzte an meinen gepflegten Rasen – der Stundenlohn des Mähers war beträchtlich –, der bei ihrer Leidenschaft für selbstgesätes Blühendes (alle Greisinnen lieben selbstgesätes Blühendes) rasch in Mitleidenschaft gezogen würde. Schließlich kennen auch Samen keine Grenzen. Womöglich ließ sie auch noch Büsche und Bäume pflanzen – Platz genug hatte sie auf ihrem weitläufigen Areal –, und die würden einem im

Handumdrehen Licht und Sicht nehmen. Im Herbst wehte einem dann tonnenweise das nachbarliche Laub entgegen. Wieder wäre ein ernstes Wort fällig – und eine heftige Auseinandersetzung nicht zu vermeiden! Ach, man brauchte nicht einmal so weit nach vorn zu schauen. Kein Tag würde verstreichen, da wäre sie am Telefon – einfach um *auszuprobieren*, ob es auch im Ortsnetz funktionierte. Frauen und Technik! Kannte man doch, siehe Online-Banking.

Ich spähte neuerlich nach drüben und dankte mir, dass ich die Gardine hatte anbringen lassen, die mir jetzt Sichtschutz bot. Alles war wie vorher: Die Möbelmenschen schleppten den Inhalt ihres Transporters hinein. Ein Klavier schien nicht dabei zu sein. Wenigstens *eine* gute Nachricht. Nicht auszudenken, wenn die Lady auch noch herumklimpern und mein an Klassik gewöhntes Ohr beleidigen würde. Was aber, dachte ich weiter, wenn sie ihre Stereoanlage – oder gar mehrere davon – auf mich ansetzte? Bei geöffnetem Fenster Tralala-Volksmusik aufdrehte? Oder jenen Sender, der die unsäglichsten Herzschmerzplatten den Methusalems des Landes in die Gehörgänge blies?

Noch drei Tröpfchen um meiner bedrohten Ohren willen. Ich setzte mich an den Schreibtisch, starrte die leeren weißen Bögen an, die ich heute beschreiben wollte. Daraus würde nichts werden, fürchtete ich. Denn das Nächstliegende dämmerte mir erst jetzt: Wer umzieht, findet das, was er sofort braucht, selten zuerst. Da fehlen Kleinigkeiten wie Salz oder Zucker, Brot und Eier, Butter, vielleicht sogar Wein (könnte mir nie passieren!), und entdeckt wird dieser Mangel selbstredend erst nach Ladenschluss. Die Lady bildete hierin bestimmt keine Ausnahme. Offen war lediglich, wann sie läuten und verlegen um dieses oder jenes bitten würde. Und ich? Ich würde ihr in gesetzten, aber deutlichen Worten klar machen, dass sie auch unten im Pfauen danach fragen könnte und nicht bei einem (wieder mal) Junggesellen, der mitten in der Arbeit für sein neues, gewichtiges Buch steckte. Daraufhin würde sie …

In diesem Moment läutete es an der Tür. Ha! Es ging schon los! Womit würde sie die Reihe ihrer Belästigungen eröffnen? Ich stieg die Treppe zum Hauseingang an der Straßenseite betont langsam hinauf, damit sie bemerken konnte, wie sehr sie mich störte. Ich riss die Tür auf, bereits ein: »Nein! Habe ich nicht!« auf den Lippen.

»Ich dachte schon, Sie wären nicht da«, sagte der Postbote und händigte mir die bestellte Sendung Inkjetpapier vom *Office*-Versand aus. Er deutete mit einer Kopfbewegung nach drüben. »Neue Nachbarin, eh? Schön für Sie. Endlich Leben nebenan.«

»Ja«, erwiderte ich kurz. Und dachte: Wie man's nimmt. Eines war mir sonnenklar. Schon vor dem ersten Kontakt waren die Lady und ich einander in inniger Feindschaft verbunden.

Fiona

Geschafft! Geschafft! Geschafft! Geschafft!

Erstens der Umzug, zweitens das Zusammenbauen der Schränke und das natürlich nur provisorische Möbelrücken (ich werde mich diesem Problem noch ausführlicher widmen), drittens Klärle und viertens ich. Nur Mick schien unbeeinträchtigt, aber das war ich in seinem Alter auch. Er gab den beiden Aus- und Umpackern Geld für ein *anständiges* Abendessen (ich hätte gern mal ein *unanständiges* probiert), klemmte sich hinter das Steuer meines neuen grünen Mini und fuhr Klärle und mich hinunter in den Pfauen, der einladend aussah und uns mit warmem Licht willkommen hieß.

»Mum«, erklärte Mick, keinen Widerspruch erwartend und, nebenbei gesagt, auch nicht gelten lassend, »wir haben eine Stärkung verdient.«

Er hatte Klärle durch eine Anzeige (»Hilfe f. Umzug ges.«) *aufgegabelt* – ist das korrektes Deutsch? –, weil er meinte, dass eine Mutter jenseits der 70 dringend des Beistands bedürftig sei.

Klärle, die eigentlich Klara getauft war, aber seit Kindheitstagen von den Dörflern Klärle genannt wurde und diesen Namen mit jetzt stattlichen 50 Jahren noch frohgemut (er-)trug, hatte sich gemeldet.

Sie war bekannt dafür, in allen Notfällen einzuspringen, vor allem wenn gerechterweise auch entsprechendes Bares für sie dabei heraussprang. Sie wohnte im ersten Haus gleich nach dem Ortsschild, neben dem vermutlich uralten Baum, der die *Hauptstraße* unter seine gewaltigen Äste nahm und mit seinen zweifellos ebenso gewaltigen Wurzeln den Asphalt immer wieder in Bedrängnis brachte.

Wie zu erwarten, war Klärle ein voller Erfolg. Sie sah, packte zu und sprach nur, wenn es sich nicht umgehen ließ: »Des hierhin? Dahin? Wohin?« Diese Kargheit gefiel mir – genau wie ihre für mich überraschende Weitsicht: Sie hatte eine Thermoskanne Kaffee dabei, deren Inhalt sie uns in drei ebenfalls mitgebrachten Tassen servierte. Sie war, wie sie bekannte, eine erfahrene Umzieherin.

Mick kam gerade von einem Rundgang um das Haus zurück. »Der Alte da drüben steht hinter der Gardine und glotzt«, verkündete er. »Ich weiß nicht, warum Leute, denen es normalerweise immer pressiert, zugleich immer Zeit zum Glotzen haben.« Er schüttelte den Kopf.

»Du solltest dich« – ich erinnerte mich an meine vorzügliche Deutschlehrerin – »einer gepflegteren Sprache bedienen, lieber Sohn.«

Er steckte den Tadel klaglos weg.

Mick hieß eigentlich Michael, aber schon am Tag nach seiner Geburt nannte Joss ihn Mick. Joss, mein wunderbarer Mann. Joss, mit dem ich nach den strapaziösen Londoner Jahren in seine deutsche Heimat reisen wollte, um mit ihm all das nachzuholen, was wir versäumt hatten oder versäumen mussten, weil ihn seine Arbeit als Presseattaché der deutschen Botschaft doch sehr in Anspruch nahm. Nein, das Häuschen seiner alten Tante Ellen, die von ihren Nichten und Neffen aus unerfindlichem Grund Helen genannt wurde, hatten wir dabei nicht im Sinn. Wir dachten daran, uns als Pensionäre irgendwo am Rhein in der Nähe von Bonn niederzulassen, wo Joss studiert und viele Freunde hatte, auch aus der Zeit, da Bonn noch als Hauptstadt herhalten musste. Wir hatten schon nach einem passenden Domizil Ausschau gehalten, als Joss plötzlich starb. Das war vor sechs Jahren. Ich blieb in London, bis meine Kinder Mick und Sara mich drängten, den Sprung über den Kanal zu wagen und in Deutschland meinen künstlerischen Interessen nachzugehen.

Dies hätte, meinten sie, auch den Vorteil, dass sie besser für mich erreichbar wären, denn beide hatten in der Heimat ihres Vaters ihre Studien abgeschlossen und Partner gefunden. Tante Helens Haus stand leer – und jetzt, so hatte es die Erbengemeinschaft entschieden, war es meins, solange ich bleiben wollte.

Sicher, ich hatte es schon einmal gesehen, zu Helens Lebzeiten, als ich mit Joss im nahen Heilbad Badenweiler Urlaub machte, aber das war lange her. Jetzt leuchtete das frisch gestrichene Weiß zwischen den braunen Holzbalken, das anthrazitgraue Walmdach war vom Moos befreit, die Dachrinne gerichtet und gereinigt, sowie die behäbige Eichentür – ohne Wurmspuren – mit neuen Messingbeschlägen versehen. Der Balkon mit geschnitztem Geländer (»Das hält wohl ewig«, meinte Mick) umarmte zwei Drittel des Hauses und beschützte eine mit recht rohen Steinen gepflasterte Terrasse, wo ich – das stand sofort fest – schon bald meine Zeichenutensilien ausbreiten würde. Inklusive diverser Farbtöpfchen für die Porzellanmalerei. Das heißt, falls ich überhaupt zum Arbeiten käme angesichts des faszinierenden Blicks auf Rebhänge, Wald und den Rhein.

An den Fenstern fehlten noch die Gardinen – das würde ich in den nächsten Tagen erledigen; ach ja, der Elektriker musste kommen wegen zusätzlicher Anschlüsse und natürlich der Computer-Service im Geleitzug mit einem Techniker für den Zugang zu schnellem Internet, wobei Letzteres, so beschloss ich, Vorrang hatte. Vorrang sogar vor der Bestellung des großen verwilderten Gartens, der ziemlich steil an der Südseite abfiel bis zu einer Wiese, die zum Gelände gehörte und sich etwas sanfter den Hang hinabschwang. Ich sah ein paar alte Obstbäume, die Ansätze von Blüten zeigten, Ginster, Flieder, Kirschlorbeer, Reste einer Buchenhecke an der Grenze zum Nachbarhaus, aus der sich zwei wild gewachsene kleine Ahornbäume erhoben, und – das schmerzte mich – entlang der Hecke, ebenso wie vor der Terrasse, eine Reihe total verkommener Rosensträucher. Ich würde einen Gärtner holen müssen, um zu retten, was zu retten sich lohnte, auch für das lange Beet an der Straßenfront unterhalb des Holzschopfs, den Helen zu einer Garage hatte ausbauen lassen.

Es gab viel zu tun. Ich hatte bei dem Gedanken wahrscheinlich geseufzt, denn Klärle meinte mitfühlend: »Sie haben sich eine Menge vorgenommen. Und ganz allein. Helfen Ihre Kinder nicht?«

»Doch, Sie sehen ja Mick am Werk. Aber er muss morgen weg, und dann kommt meine Tochter Sara. Sie will mir rasch ein bisschen auspacken helfen, vor allem aber meine Katzen abliefern, die sie für die Zeit des Umzugs aufgenommen hat.«

»Katzen!« Klärles Augen leuchteten. »Wie schön! Ich hab auch eine. Wie viele sind es denn?«

»Zwei.«

»Kätzinnen?«

»Ein Pärchen. Bini und Peterle.«

»Wie alt?« Klärle machte nie viele Worte.

»Bini ist zwölf, Peterle erst anderthalb und ungeheuer katerfrech.«

Sie lachte und fuhr fort, einen Bücherkarton über die Diele zu zerren. »Schön werden Sie's hier haben, Frau Conradt. Ich mein, die Kätzle auch. Kann Ihre Tochter nicht länger bleiben?«

»Leider nein, wegen der beiden Kinder«, sagte ich und, als sie mich fragend ansah: »Sie ist alleinerziehend und halbtags berufstätig. Sie fährt noch am Abend heim.«

Klärle nickte. Was das Nicken bedeuten sollte, blieb mir verborgen. Ich nahm es als Anteilnahme und half ihr beim Schieben der Kisten von der Diele ins Wohnzimmer, dem größten Raum des Hauses, vor dessen Panoramafenster sich die südbadische Landschaft in ihrer ganzen Vielfalt präsentierte: halb links die bewaldeten Berge, deren Ausläufer behutsam das Grün an die Rebhänge weitergaben, die wiederum nahtlos in der Weite der Rheinebene aufzugehen schienen. Ganz rechts sah ich die Schatten der Vogesen. Über allem spannte sich ein heute azurblauer Spätmärzhimmel, von dessen riesigem Schirm der Südwestwind gnadenlos jede Wolke vertrieben hatte. »Toller Blick«, meinte einer der Packer anerkennend, bevor er die nächste Schraube eindrehte.

Mick hatte die Umgebung vor Monaten erkundet, ehe ich mich zum Abschied von London entschloss. »Ideal«, befand er, knapp wie gewohnt. »Nettes Dorf, feine Aussicht, mehrere Thermalbäder in der Nähe, die Schweiz vor der Haustür, das Elsass gegenüber – Kultur und gutes Essen satt.«

In der Tat. Letzteres hatte auch der Pfauen zu bieten, außerdem eine Wirtin, die ihren Gästen zugetan und nebenbei die beste Informationsquelle im Ort war. Uns hatte sie natürlich sofort eingeordnet: »Sie sind heute da oben eingezogen«, verkündete sie uns und dem Schankraum, wobei sie uns der Reihe nach ihres Lächelns teilhaftig werden ließ. Klärle begrüßte sie mit: »'n Obe«, was so viel wie Guten Abend bedeuten sollte. Wir lächelten zurück, nun doch müde, aber auch in Erwartung der Dinge, die da kommen würden. Und sie kamen, nicht nur kulinarisch.

»Da wird sich der Herr Wendt aber freuen«, fuhr die Frau Wirtin fort. »Endlich jemand auf Dauer in dem leeren Haus neben ihm.«

»Herr Wendt? Das muss der sein, der uns hinter der Gardine beäugt hat«, meldete sich Mick zu Wort. »Was ist das denn für einer?«

Die Wirtin war sichtlich froh, gefragt zu werden. Sie nickte ein paar Mal, wobei der Zopf, zu dem sie ihr schon etwas schütteres, rostbraunes Haar am Hinterkopf zusammengebunden hatte, ins Schwanken geriet, und zog die Schleife ihrer Halbschürze fester. »Der ist ein ganz netter alter Herr, kluger Kopf, er schreibt hier sein neues Buch und kommt jeden Mittag zu uns zum Essen.«

Aha. Eine ebenso erschöpfende wie interessante Auskunft.

»Und was schreibt der alte Knabe so?«, bohrte Mick, wie immer schonungslos direkt, weiter.

»Ach, so wissenschaftliche Sachen«, wusste die Wirtin mit dem Zopf. »Das Letzte oder Erste, weiß ich nicht genau, war ein – wie sagt man – Bestseller. Über die Vergangenheit der Menschheit, die in der Zukunft liegt, oder umgekehrt. Irgendwie. Und ganz wichtig. Ich versteh nix davon, aber im Gymnasium in Staufen haben sie drüber geredet, sagt meine Tochter, die da Lehrerin ist und eine Menge weiß. Manchmal kommt er auch am Abend, um ein Viertele zu trinken, meistens Rotwein, und meistens nicht nur eins. Ach ja. Wollen Sie was essen? Dumme Frage«, sie tippte sich an die Stirn. »Sie müssen doch Hunger haben nach diesem Arbeitstag.«

Klärle und ich blinzelten einander an. Wir waren in der Tat so müde, dass wir nur mit Mühe essen konnten und froh waren, als Mick zum Aufbruch drängte. Wir brachten erst Klärle heim und dann erkletterte unser Mini den künftig heimischen Hang. Wie ich in mein provisorisches Bett kam und wo Mick sich niederlegte, weiß ich nicht mehr.

Der Morgen danach entschädigte mich für die gestrigen Mühseligkeiten. Die frühe Sonne hatte ihre ersten Strahlen ausgeschickt und tastete die Kuppen der nicht sehr hohen Berge ab, berührte Tannenspitzen und das schon zu erahnende erste frische Grün an den Laubbäumen, die wie helle Inseln in dem noch dunklen Nadelwald zu schwimmen schienen; sie ließ die kleinen Wolkenhaufen, die neugierig über die erwachende Natur segelten, zart erröten und erhob sich dann in glänzender Schönheit über unser Hügeldorf. Zu hören war nichts außer dem vielstimmigen Vogelgezwitscher. Sah so Frieden aus? Dann wollte ich hier ewig bleiben.

»Mum«, rief Mick aus der Küche, »wach auf, ich hab uns ein Notfrühstück gemacht. Du musst dringend einkaufen.

Und ich muss dringend weg. Der Zug geht in knapp einer Stunde.« Was hieß: *Bring mich rechtzeitig zum Bahnhof. Danach kannst du Besorgungen machen.*

Die Bahnstation in Müllheim, auf die wir Dörfler – ich sagte schon: *wir* – angewiesen waren, wenn wir die Fernzüge in Freiburg oder Basel erreichen wollten, lag ein paar Kilometer entfernt. Ich war gestern schon einmal dort gewesen, um Mick abzuholen, der selten das Auto nahm und Bahn fahren schon aus einem praktischen Grund liebte: Er konnte im Großraumwagen seinen Laptop anschließen, arbeiten und telefonieren.

»Keep a stiff upper lip, Mumsy dear«*, sagte Mick und drückte mir einen Kuss auf die Wange, ehe er in den roten Nahverkehrszug stieg. In Momenten der Rührung, die allerdings nicht gerade häufig waren, wechselte er gern in seine Muttersprache. »Give Sara a big hug«**, rief er, schon in der Tür stehend, und dann: »Lass dich nicht von DVD kleinkriegen!« Mein Gesichtsausdruck musste ein einziges großes Fragezeichen gewesen sein, denn er schob gleich hinterher: »Dem von drüben!«

Er lachte, als sich die Türen schlossen.

Sara überraschte mich. Sie kam einen halben Tag zu früh. Ihr Auto, zu Deutsch *Van*, bremste am Straßenrand, als ich im Begriff war, vor Einbruch der Dämmerung eine Generalinspektion *meines* – wie sich das anhörte! – Grundbesitzes vorzunehmen.

»Hey Mum, es ist nicht leicht, dich zu finden. Ich war fast schon am Hindukusch, ehe mir jemand den richtigen Weg zeigte. Mann, sieht das niedlich aus.« Sie umarmte mich heftig. »Ich hab's schon heute geschafft, die Kinder sind bei Lau-

* Halt dich wacker, Mamilein.
** Drück Sara ganz fest von mir.

ra« – Laura war ihre Ex-Schwägerin; beider Freundschaft hatte Saras Scheidung überlebt –, »und ich dachte, dann könnten wir heute Abend noch einiges einräumen.« Sie sah sich um. »Wow! Ich bring die Katzen rein und dann zeig du mir mal alles. Ich hab das nicht mehr so in Erinnerung.«

»Du warst noch nie hier«, sagte ich sanft.

»Das muss der Grund sein«, grinste sie fröhlich und schüttelte ihren derzeit rotblonden Schopf.

»Du, schaff zuerst dein Auto weg, am besten vor die Garage, der Platz dort reicht gerade. Sonst gibt's hier Ärger«, riet ich.

»Wieso?« Sie straffte die Schultern, kampfbereit.

»Es ist eng auf der Fahrbahn und ich weiß nicht, wie DVD reagiert, falls der wegfahren muss.«

»DVD?«

»Der von drüben. Micks Erfindung.«

Sie lachte so laut, dass ich fürchtete, DVD könnte uns hören. »Und was ist das für ein Typ?«

»Weiß ich noch nicht«, gestand ich. »Mick hat ihn gesehen. Er *glotzte*.«

»Soll er doch!«

Die Katzen sprangen sichtlich erleichtert aus ihrem Korb, reckten und streckten sich und begannen sofort mit der Inspektion des Hauses. Mich übersahen sie geflissentlich. Strafe musste sein, war ich es doch gewesen, die sie zuerst verlassen und dann gezwungen hatte, mir in der Folterkammer – dem lauten, schaukelnden, unangenehm riechenden Auto – ins Ungewisse zu folgen. Jetzt aber wollten sie wissen, was sie hier erwartete. Sie schnupperten an Sesseln, Teppichen, Schuhen, streiften – eine hier, einer da – durch sämtliche Gelasse, durch die geöffnete Balkontür hinaus und wieder herein, bis Bini mein Bett entdeckte, erkannte und neu eroberte. Sie dort zu vertreiben, durfte ich mir nach allem, was ich ihr und Peterle zugemutet hatte, nicht erlauben.

Sara stellte die Katzentoilette unter die Treppe, die ins Erdgeschoss führte. »Pass auf, das brauchen sie zuerst«, meinte sie. »Übrigens haben sie furchtbar geheult, alle beide. Sie mögen wohl keine Autos.«

Als Bini und Peterle sich informiert und über ihre mit kätzischen Köstlichkeiten gefüllten Näpfe hermachten, zog es uns in den Pfauen.

»Lass die beiden die nächsten zwei Wochen lieber drinnen«, riet Sara, »die hauen sonst ab.«

Keinesfalls, dachte ich. Die sind immer da, wo ich auch bin.

Ich sollte recht behalten. Oder wenigstens fast. Aber davon später.

Nach einem Rundgang durch Haus und Wildgarten wanderten wir ins Dorf, um im Pfauen zu essen. Das Großstadtkind Sara war beeindruckt: »Das sind ja uralte dicke Mauern«, staunte sie. »Und das Inventar nicht viel jünger.« Sie lachte, wobei sie den Kopf nach hinten warf, sodass die rotblonde Mähne wehte.

Die Wirtin, die ihren Zopf heute mit einer breiten blauen Schleife geschmückt hatte, erkannte mich wieder. »Haben Sie Ihren Nachbarn schon gesehen, Frau Conradt?«, erkundigte sie sich – woher sie meinen Namen wusste, ist bis heute ihr Geheimnis. Ich wollte es aber auch nicht wissen.

»Nein«, bekannte ich.

»Er sitzt da drüben«, flüsterte beziehungsweise *meinte* sie zu flüstern. Niemand in unserer Nähe dürfte es überhört haben, es sei denn, er wäre taub. Zu meiner Erleichterung blieb ihr Zeigefinger samt Hand in der Schürzentasche. »In der Ecke, links an dem kleinen Tisch neben der Garderobenwand, das ist er.«

Dies musste er vernommen haben, denn er schaute plötzlich zu uns herüber. Ich fühlte seinen Blick und es war mir peinlich. Darum betrachtete ich eingehend Besteck und Serviette. Die Wirtin legte die Speisenkarte vor mich hin. »Empfehlen kann ich Ihnen heute unsere badische Kartoffelsuppe.« Sie klang wieder sachlich-freundlich, ohne verschwörerische Untertöne, und zündete die Kerze an.

»Was ist denn das Besondere an Ihrer Kartoffelsuppe?«, wollte Sara wissen, die erstaunlicherweise minutenlang den Mund gehalten hatte.

»Ganz einfach«, lautete die Antwort, »Sahne und unser Hauswein, der Gutedel. Weiß, leicht, frisch und trocken.«

Sara erwachte zur Normalität: »Kann man den auch trinken?«, woraufhin die Wirtin lachte und uns »zwei Probiergläsle« bringen wollte.

Kaum war sie in Richtung Theke verschwunden, als Sara nach einem ungehörig langen Blick auf DVD – ich vermied dies angestrengt – ihre Schlussfolgerungen zur Kenntnis gab, sicherheitshalber auf Englisch: »Mum, that's a funny guy«*, befand sie. »Der sitzt da elternseelenallein vor seinem Glas Rotwein, das heißt, ich nehme an, es ist Rotwein und nicht Johannisbeersaft, weil er dann vermutlich auch schafwollene Unterhosen trägt, morgens Grießbrei isst und sich nachts in die Kissen heult. Ich kenn die Typen aus meiner Sozialarbeit. Also, nehmen wir zu seinen Gunsten an, er trinkt Rotwein. Warum aber«, rätselte sie weiter, »trinkt ein Mann teuren Rotwein – bestimmt ist der teuer in einem Gasthaus wie diesem – in einer Kneipenecke, wenn er ein paar Schritte weiter ein Haus mit herrlichem Ausblick hat, besonders in einer Mondnacht?«

»Vielleicht fühlt er sich da oben manchmal einsam«, schlug ich vor.

»Quatsch, Fiona!« Sie nannte mich stets beim Vornamen, wenn sie mich für momentan besonders beschränkt hielt. »Der Knabe sucht eine Frau.«

* Mami, das ist ein komischer Typ.

»Quatsch, Sara!«, schoss ich, jetzt etwas ärgerlich, zurück. »Der ist doch viel zu alt.«

»Wie alt wird er sein? Siebzig? Etwas mehr? Weißes Haar hat er, reichlich sogar, und ein feines Gesicht. Jedenfalls«, schränkte sie sogleich ein, »was man erahnen kann. Schau mal hin. Der trägt einen Drei-Tage-Bart. Ziemlich cool, wenn er nicht grau wäre. Ich mag keine grauen Drei-Tage-Bärte«, sinnierte sie. »Dass Männer sich nicht entscheiden können! Bart oder Nichtbart, das ist hier die Frage.«

»Sara, hör auf!«

Die Wirtin brachte unsere gefüllten Probiergläschen. Dies ließ Erinnerungen wach werden. Joss und ich tranken gern Wein, wenn wir in seiner Heimat waren, aber auch in London, wohin wir uns unsere Lieblingstropfen allerdings vorsichtshalber von deutschen Weingütern schicken ließen.

Gutedel kannte ich nicht. Er ist, erfuhr ich, eine Spezialität des Markgräflerlandes, jener Region im südwestlichen Baden, die ich von den deutschen Fernseh-Meteorologen kannte, dort war anscheinend immer das bessere Wetter.

Die Wirtin hatte den Wein richtig beschrieben – leicht, fruchtig, trocken und bekömmlich. Es war bei mir Liebe auf den ersten Schluck und die Wirtin prophezeite nicht ohne Stolz: »Sie werden den von jetzt an täglich trinken.«

»Mum!« Sara stupste mit dem Fuß an meinen linken Schuh und machte eine blitzschnelle Kopfbewegung in Richtung Tür. Da ging DVD, leicht gebeugt, wandte sich um, grüßte die Wirtin und mit einem Nicken auch uns beide.

»Hast du ihn gesehen, Mum?«

»Ja, und jetzt lass uns um Himmels willen endlich essen.« Ihre Energie schien unerschöpflich.

Frisch gestärkt, genoss Sara den Heimweg offenkundig, bewunderte das Lichtermeer, das im Westen jenseits des Rheins aufleuchtete, und hatte, kaum waren wir vor dem Häuschen angelangt, auch schon eine Idee, während ich noch in der Dunkelheit nach dem Schlüssel fahndete. »Du brauchst einen Bewegungsmelder«, ordnete sie an. »Einen, der rund ums Haus Lampen einschaltet, sobald du selbst oder Nachbarn oder Einbrecher sich nähern. Es ist viel zu gefährlich, in solcher Finsternis nach der Haustür zu tasten. Die Funzel von Straßenlaterne hilft dir nicht viel, die ist zu weit weg. Und erst mitternachts! Wenn da Diebe und Mörder herumlungern. Ach, ich mag mir das gar nicht ausmalen!« Was sie aber ausführlich tat. »Natürlich könntest du dir eine Pistole zulegen. Aber erstens wäre sie im entscheidenden Moment nicht da oder geht nicht los oder du hältst sie falsch rum. Und zweitens kriegst du einen Waffenschein ohnehin erst, wenn du neunundvierzigeinhalb Mal bedroht und drei Mal ermordet wurdest. Mum, mach das mit den Lampen. Dann fühl ich mich sicherer.«

»Okay, das soll der Elektriker erledigen, der morgen kommt«, gab ich nach. »Und nun wollen wir rasch noch ein paar Sachen auspacken.«

Ich überlebte den Abend. Von morgen an würde es hier ruhiger werden, tröstete ich mich und meine beiden Katzen.

Ein Irrtum.

Tom

Katzen! Sie hat tatsächlich Katzen! Jedenfalls hatte ich gerade zwei gesehen. Sie schlichen um ihr Haus, untersuchten die – wie soll ich das Gestrüpp bezeichnen? – Anpflanzungen, rannten den Hang hinunter und wieder herauf, allerdings auf *meiner* Seite, und näherten sich zielstrebig meiner Terrasse. Da hatten wir den klassischen Casus Belli!

Ich rief Phil an.

»Dürfen die Viecher bei mir wildern?«

»Dürfen sie nicht«, sagte Phil.

»Danke. Ich werde einschreiten.«

Dies war leichter gesagt als getan. Die Katzen hatten sich, bis ich die Terrasse erreicht hatte, längst aus dem Staub gemacht. Wahrscheinlich, weil ich die Tür meines sogenannten Studios zugeschlagen hatte. Nicht einmal eine Schwanzspitze konnte ich noch optisch dingfest machen. Andernfalls hätte ich ihnen folgen und die jetzt fällige Auseinandersetzung mit der Lady (in Phils Fachsprache) *zur Durchführung gelangen lassen*. Die Auseinandersetzung würde, von meiner Seite aus, kurz, prinzipiell und ohne Notwendigkeit einer Fortsetzung sein. Aber anders als im Gefolge der Katzenschwänze durfte ich nicht durch die Resthecke schlüpfen oder oben an dem kleinen Nussbaum, der völlig frei von besagtem Gestrüpp etwas erratisch zwischen unseren Häusern stand, die Grenze überschreiten – in doppeltem Sinne.

Was jetzt? Ich müsste sie anrufen. Leider kannte ich ihren Namen nicht. Hätte ich im Pfauen doch danach gefragt! Schließlich saß sie dort mit einer jüngeren Person jener impertinenten Sorte, die fremde Menschen, insbesondere Männer, ungeniert anstarrt. Das hatte ich jedenfalls sofort bemerkt.

Sie starrte in meine Ecke, wandte sich dann der Älteren zu und lachte. Was gab's da zu lachen?

Ich wollte ihr das nicht mit gleicher Münze heimzahlen – dazu bin ich zu gut erzogen – und widmete mich deshalb intensiv meinem Rotwein wie auch den Notizen für mein neues Manuskript. Dadurch – und nicht zuletzt wegen des Gehabes der Wirtin – war es mir praktisch unmöglich, meine Nachbarin genauer unter die Lupe zu nehmen. Wahrgenommen habe ich lediglich ihr kinnlanges silbergraues Haar, das sie dauernd hinter die Ohren klemmte, weil es sie beim Essen und Trinken störte. Was denken sich Frauen eigentlich bei solchen Frisuren? Entweder kurz oder lang, sagte ich immer, aber nicht diese Strähnen, die beim Absenken des Kopfes automatisch nach vorn fallen. Dass ich derartige Zwitterlängen nicht dulde, habe ich meinen jeweiligen Frauen oder Freundinnen stets nachdrücklich klargemacht.

Über diesen Gedanken vergaß ich, nach dem Namen der Lady zu fragen. Wie sollte ich sie anrufen, ohne zu wissen, wie sie hieß? Das Telefonbuch nützte mir da schließlich nichts. Hatte sie überhaupt ein Telefon? Doch, überlegte ich. Das müsste sie allein schon deswegen haben, um mit ihren sicher zahlreichen Schnatter-Freundinnen zu *plaudern* (wie ich dieses Wort verabscheue!), stundenlang natürlich.

Ich rief im Rathaus an, beim Einwohnermeldeamt, nannte meinen Namen und die Adresse. »Können Sie mir sagen, wie meine neue Nachbarin heißt? Ich muss sie dringend sprechen.«

Die Amtsdame weigerte sich. »Aus Datenschutzgründen«, erklärte sie.

»Die Telefonnummer haben Sie aber sicher für mich?«

»Nein. Aus besagten Gründen. Sie müssen die Auskunft anrufen.«

Ein fantastischer Rat! »Kann ich nicht, weil mir der Name nicht bekannt ist. Vielleicht klappt es mit der Adresse. Geben Sie mir bitte die Hausnummer. Es ist entweder fünf oder neun.«

Abermals weigerte sich die Amtsdame: Datenschutz! Und dann: »Gehen Sie doch einfach rüber. Da haben Sie Namen, Hausnummer und die Frau – alles auf einmal! Ist doch ganz einfach.«

Da irrte sie. Es ist niemals einfach, eine Kriegserklärung persönlich zu überbringen, zumal wenn man nicht weiß, ob die Adressatin außer einer unbekannten Anzahl von Stubentigern nicht auch noch Doggen, Dobermänner, Schäferhunde, Dackel, Meerschweinchen und weiße Ratten beherbergt.

Phil zeigte sofort Verständnis. »Ich komme. Dann können wir gleich auch noch andere Dinge klären.« Ich wusste zwar nicht, was außer dem Privatzoo noch zu erörtern wäre, wurde aber bald eines Besseren belehrt.

Phil, kaum angekommen, hatte Neuigkeiten: »Papa, da steht die Lady mit einem Handwerker oder so neben dem kleinen Baum an der Grenze. Nussbaum oder Pappel, ich kenne mich da nicht aus. Der Mann hat einen Spaten. Der soll wohl den Baum ausgraben. Komm, wir gehen hin.«

Da stand sie also, die Lady, das silbergraue Haar wieder hinter die Ohren geklemmt, und sah uns aus ziemlich großen Augen überrascht an.

»Guten Tag«, begann ich den Krieg, »ich bin Ihr Nachbar, Thomas Wendt, und das hier ist mein Sohn Philipp. Er ist Anwalt. Sie haben sicher auch einen Namen.«

»Wenn Sie mich zu Wort kommen lassen, ja. Fiona Conradt. Und neben mir steht Herr Herrmann vom Hausmeisterservice. Wir wollen grad den Baum umsetzen.«

»Den Baum umsetzen? Wieso?«, fragte ich. Herr Herrmann stützte sich in Erwartung eines netten Streits auf den Spaten.

»Hier oben wirft er sein Laub auf die Garage, ich meine, im Herbst tut er das, und ich hätte ihn gern neben meiner

Terrasse als Sichtschutz. Da kann er sich besser entfalten als hier oben zwischen meiner Garage und Ihrem Haus.«

»Jetzt lässt er sich noch umpflanzen, nächstes Jahr nicht mehr, der wächst zu schnell«, warf Herr Herrmann ein.

Phil schritt die Strecke von der Lady-Garage bis zur Mitte des Garten-Wiesenhangs ab. »So, wie ich das sehe, steht der Baum exakt auf der gemeinsamen Grenze«, stellte er fest. »Das heißt, Sie dürfen ihn eigenmächtig weder fällen noch versetzen. Er gehört jeder Seite zu fünfzig Prozent.«

»Ja, gut«, meinte die Lady gelassen, »der lässt sich wunderbar teilen. Wir messen jetzt die Höhe. Etwa eineinhalb Meter, denke ich. Da bekommt jeder einen Dreiviertelmeter. Ich nehme die untere Hälfte und die setze ich neben meine Terrasse.«

Die Dame hatte Nerven! Sie strahlte. Unzählige winzige Fältchen bildeten sich neben den Augen – braun, wie ich bemerkte – und beim Lachen hob sich ihr linker Mundwinkel etwa zwei Millimeter, was ich sehr reizvoll gefunden hätte, wäre sie nicht derart unverschämt und wir im Kriegszustand gewesen.

»Das meinen Sie wohl nicht ernst«, sagte Phil kopfschüttelnd. »Ein zwischen Nachbarn umstrittener Baum auf der Grundstücksgrenze kann doch nicht zerhackt werden! Der bleibt hier, wo er ist. Klar?«

»Was nützt Ihnen denn dieser Nussbaum an dieser Stelle?«, wandte sie sich an mich. »Sie sind doch der Eigentümer?«

»Nein, der Mieter, aber ich bin bevollmächtigt, diese Dinge zu entscheiden.«

Sie betrachtete mich ein paar Sekunden lang schweigend. Das Lachen war aus ihrem (recht kleinen, fand ich) Gesicht verschwunden. »Wenn ich den Baum direkt auf der Grenzlinie zehn Meter weiter unten einsetze, gibt er mir Sichtschutz seitlich auf der Terrasse und Sie können ihn von Ihrem Balkon oder Ihrer Terrasse aus wachsen sehen. Die Nüsse sammeln wir gemeinsam und teilen sie brüderlich auf«, schlug sie vor und zeigte erst mir und dann Phil ein ganz sanftes, leicht nach links verrutschtes Lächeln.

»Kommt nicht in Frage!«, schoss Phil – dem Kriegszustand angemessen – wie aus der Pistole zurück.

»Moment«, fiel ich ein. »Was ist, wenn der Baum durch das Umsetzen eingeht? Er ist jetzt gesund und schön gewachsen. Meine Hälfte bleibt deshalb an Ort und Stelle.«

Herr Herrmann blickte interessiert.

»Das ist ein Diktat!« Die Lady wurde wütend. Aus irgendeinem Grund gefiel mir das. Sie schüttelte vehement den Kopf, wodurch sich das Haar hinter den Ohren löste und um ihr Gesicht schwappte. Ja, schwappte. So sah es aus.

»Das ist kein Diktat, sondern deutsches Recht«, stellte Phil klar.

»Und oft ist das eine vom anderen nicht zu unterscheiden«, kommentierte die Lady.

Phil wollte sie gerade energisch zurechtweisen, als sie hinzufügte: »Dann kaufe ich mir halt für die Terrassenseite einen anderen Baum. Werden Sie glücklich mit Ihrer halbierten Nuss hier oben.«

»Natürlich können Sie auf Ihrem Areal einen zweiten Nussbaum pflanzen«, griff Phil wieder ein. »Sie müssen allerdings den vorgeschriebenen Abstand zur Grenze einhalten. Sollten Sie das nicht tun und die Wurzeln Ihres Baums eines Tages auf unserer Seite den Boden oder gar die Terrassenfliesen aufbrechen, kommt Sie das teuer zu stehen.«

»Danke für die Rechtsbelehrung, Herr Anwalt. War die kostenlos oder schicken Sie mir eine Rechnung?« Sie wurde immer wütender, stellte ich nicht ohne Vergnügen fest. In dem Moment – es war ein Glückstag für mich! – schaute eine kleine schwarze Katze um die Ecke, verdrückte sich aber rasch, als sie Phils Stimme hörte.

»Ist das Ihre?«, wollte er wissen. Seine wachsamen Augen hatten das Felltier natürlich sofort erspäht.

Auch der Lady war es nicht entgangen. »Allerdings«, sagte sie.

»Haben Sie noch mehr von der Sorte?«

»Ist das eine polizeiliche Vernehmung?« Ihre Augen blitzten auf.

Meine Stimmung stieg. Wir würden sie in die Enge treiben!

»Ich habe vorhin zwei Katzen auf meiner Seite gesehen, die hier offenbar neu sind«, erklärte ich.

»Das sind dann wohl Bini und Peterle gewesen. Tut mir leid.« Sie bemühte sich um einen ruhigeren Ton.

»Sie wissen, dass Sie Ihre Haustiere auf Ihrem Grundstück zu halten haben«, belehrte Phil die Lady.

»Womöglich haben Sie noch mehr Tiere?« hakte ich nach.

»Hunde, falls Sie welche besitzen, dürfen nur zwischen 8 und 13 Uhr sowie zwischen 15 und 19 Uhr bellen, höchstens aber 30 Minuten täglich und nicht länger als zehn Minuten am Stück«, dozierte Phil, »das wissen Sie hoffentlich.«

»Das weiß ich nicht«, entgegnete sie erbost, »aber ich halte auch keine Hunde. Sie haben wohl keine Tiere?« Sie schaute erst mich und dann Phil an.

»Wir haben hier weder Hunde noch Katzen«, klärte Phil sie kühl auf.

»Keine Hunde und Katzen, gut«, meinte sie. »Aber wissen Sie, was Sie haben? Einen Vogel, und zwar einen von der großen Sorte.« Damit winkte sie dem Gärtner, drehte sich um und verschwand hinter dem Haus.

Phil wandte sich gerade zu mir um, da schaute ihr Kopf um die Ecke: »Damit das klar ist: Jeder von Ihnen hat einen. Da brauchen Sie keinen zu halbieren!« Und weg war sie.

»Frech ist sie auch noch«, knurrte Phil.

Allerdings. Aber irgendwie… Irgendwie imponierte mir das im Nachhinein, trotz aller Verärgerung über ihre Sturheit. Oder lag das an meinem zweiten Glas abendlichen Rotweins, den ich mit Behagen *sürpfelte*, wie man hier sagte? Es war in der Tat ein vorzüglicher Tropfen, den ich erstanden hatte, ein hiesiger Spätburgunder, der durch eine gelungene Komposition (schöner Ausdruck, gerade im Prospekt gelesen) von Holz- und Beerenaromen, einen vollen Körper, leichten Schmelz und Samtigkeit bestach. Und ein wunderbares Tiefrot. Rotwein, fand ich, besänftigte aufgescheuchte Nerven, fuhr mit zarter Hand glättend über Seelenfalten und stellte den Blickwinkel neu ein, nach innen und nach außen.

Ich saß in meinem Lieblingssessel vor dem breiten Fenster im Salon, neben mir die Stehlampe, die aber nicht angeschaltet war, weil die Lichter der Straßenlaternen und der Fenster in den Häusern unten mit dem sanften Weiß des Mondlichts wetteiferten, das sich über die Silhouette der Berge legte, ohne dass der Mond uns schon erreicht hätte. In wenigen Minuten würde er seinen Auftritt zelebrieren.

Es gab nichts, das an Schönheit, an Grazie und Würde den Aufstieg des Vollmonds hinter den Baumwipfeln der Bergkuppen übertreffen könnte. Atemraubend das Tempo, mit dem er stetig an Höhe gewann, bis er unser Hügeldorf voll im Visier hatte und mit seinem Licht die Muschel des Tals abtastete, ehe er sich der weiten Ebene des Rheins zuwandte, hinter der sich geheimnisvoll dunkel die Vogesen erhoben.

Ich hielt mein Glas gegen das Fenster. Mir selbst zum Wohle. Und dem Mond. Und dem Dorf. Und der Arbeit, die ich begonnen hatte. An die Lady wollte ich dabei nicht denken – und tat es doch.

Wer, wie und was war sie eigentlich? Dafür gab es nach der kurzen Begegnung, die zudem unter keinem guten Stern stand, noch kaum einen Anhaltspunkt. Couragiert schien sie zu sein und nicht ohne Witz. Die Idee, sich die untere Hälfte des Baums anzueignen und mit ihr umzuziehen, während ich die obere Hälfte entsorgen durfte, reizte mich, wider Willen, zum Lachen. Ihr folgender Vorschlag, den Baum ungeteilt umzusetzen und die Nüsse gemeinsam aufzulesen, war bei nüchterner Betrachtung nach drei Gläsern Rotwein durchaus ein fairer Kompromiss. Phil hätte das begreifen und zustimmen sollen.

Nun also war das Kriegsbeil ausgegraben. Wer weiß, was ihr noch einfallen würde. Ich nahm einen größeren Schluck.

Wie sah sie eigentlich aus? Das graue Haar, silbern schimmernd, hinter die Ohren geklemmt, verriet ihr Alter. Es stand ihr nicht schlecht, zugegeben. Warum Frauen sich auf die Natur nicht einlassen wollten, sondern stattdessen die Farbtöpfe bemühten, hatte ich nie begriffen, schließlich fielen Falten unter kunstschwarzer Mähne besonders auf. Nun, da hatte die Lady also anders entschieden. Gut für sie. Braune Augen, die Temperament erkennen ließen, in einem schmalen Gesicht, erinnerte ich mich. Sie war etwa einen halben Kopf kleiner als ich, stand auf offenbar geraden Beinen in einem tannengrünen Overall, wirkte zierlich und zäh zugleich. Das, würde Phil sagen, sind die Schlimmsten. Also mit Vorsicht zu genießen.

Obacht, alter Junge!, riet ich mir, als ich dem vierten Glas durchaus freundlich zusprach und in ein Stadium heiterer Gelassenheit hinüberglitt. Ich würde mich wappnen gegen alle An-, Über-, Ein- und sonstige Griffe seitens der Lady, ihrer Katzen, Gärtner und was sie sonst noch aufzubieten hatte, und prüfte den gegen Null tendierenden Pegelstand der Flasche. Dass die Bouteillen heutzutage offenbar nur mangelhaft gefüllt wurden – wie sonst konnte sich ihr Inhalt so rasch verflüchtigen? –, war ein Skandal. Ich müsste dringend etwas darüber schreiben. Aber morgen würde ich mich erst einmal mit Energie an die Fortsetzung meines Manuskripts machen, das durch das Intermezzo mit der Lady ins Hintertreffen geraten war. Dazu, schließlich, hatte ich mich in diesem Dorf vergraben. Also – letzter Schluck! – würde ich nicht nach Katzenvieh Ausschau halten und nach Gärtnern. Und schon gar nicht nach streitbaren Britinnen in tannengrünen Overalls.

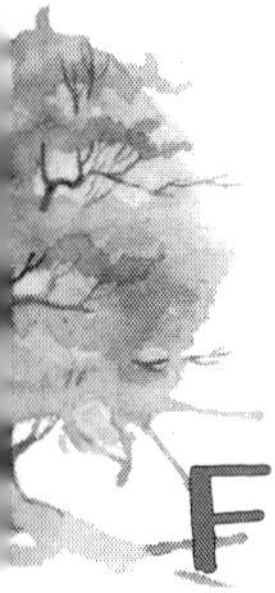

Fiona

Mein erster Blick am Morgen galt dem alten Teil des Dorfs, das mir sozusagen zu Füßen lag. Ich sah auf die schiefergrauen Dächer hinab, die sich um die kleine Kirche scharten, entlang der Hauptstraße, die sich durch den Ort wand, bis sie sich nach einer steilen Rechtskurve, jenseits der Brücke über den Dorfbach, aufwärts zwischen Laub- und Nadelbäumen verlor und nach der Passhöhe vermutlich in ein Bergnest mündete.

Das Rathaus, nahe der Kirche, überragte die Dächer, als wollte es sich zu Wort melden: *Seht her, Bürger, da bin ich.* Den Eingang, zu dem fünf Stufen führten, säumten zwei Säulen; darüber ließ die einstmals vermutlich vergoldete Inschrift *Rathaus* keinen Zweifel am Sinn des sonst eher unauffälligen Gebäudes aufkommen. Zu den Sehenswürdigkeiten meines neuen Wohnsitzes zählten darüber hinaus ein *Hoflädele*, das von Streichhölzern, über Milch und Brot, bis zu vakuumverpacktem Schinken (als Souvenir!) alles für den täglichen Bedarf anbot. Ferner eine offene Telefonzelle mit Notrufanlage, drei Altglascontainer, ein Briefkasten, ein Zigarettenautomat, eine kleine Neubauanlage mir schräg gegenüber auf der anderen Talseite, in der Nähe eine Wassertretstelle, eine Infotafel, die über 120 Wanderwege aufklärte, ein Dorfbach, zwei Anschlagtafeln für diverse Vereine, ein Friedhof und vier Gaststätten – durchaus angemessen für die etwa 600 Einwohner –, von denen der Pfauen auch über die Landesgrenzen hinweg bekannt war.

Die alte Rathausuhr, inzwischen generalüberholt und funkgesteuert, zeigte neun, als ich in Erwartung des Gärtners in den verwilderten Garten ging. Nicht ohne leichtes Magengrimmen, denn den Auftritt von DVD samt Sohn hatte ich noch nicht völlig verkraftet. Dabei sah DVD eigentlich gar nicht so unangenehm aus, wie er sich aufführte: Weißes Haar über einem fein geschnittenen, länglichen Gesicht, dessen Hauptmerkmal ein markantes Kinn war. Ob er wohl auch lacht oder allzeit dieses Verbiesterte nach außen kehrt?, fragte ich mich, als ich auch schon der Antwort enthoben wurde. Erstens erschien Herr Maier, der Gärtner, und fast im selben Moment auch DVD. Er schlenderte, die Hände in den Jackentaschen, betont gleichmütig in die Nähe der Resthecke, der sich Herr Maier gerade zuwandte.

»Guten Morgen.«

Immerhin grüßte er. Wahrscheinlich hatte er auf der Lauer gelegen.

»Guten Morgen«, sagte ich und »Moggähn« Herr Maier, des Eröffnungszuges durch DVD harrend. Der erfolgte denn auch prompt.

»Darf ich fragen, was Sie sich hier vorgenommen haben?«

»Das dürfen Sie.«

Er schaute leicht verunsichert. »Ja?«

»Was ›Ja‹?«, hakte ich nach.

»Ich hatte Sie etwas gefragt«, kam ungeduldig die Antwort.

»Sie hatten gefragt, ob Sie fragen dürfen, und ich habe das gestattet. Also fragen Sie.«

Er hob die grau melierten Augenbrauen. »Sie sind verdammt schwierig, Lady«, sagte er mit leicht verärgertem Unterton. »Ich möchte wissen, was Sie hier, direkt an oder auf der Grenze, vorhaben.«

»Also gut, Herr Nachbar«, lenkte ich ein und lächelte in seine grauen Augen, die keine Sympathie erkennen ließen. »Herr Maier hier ist Gartenbaufachmann. Wir wollen schauen, ob sich die Rosenstöcke noch retten lassen und was man mit der Resthecke anfangen kann.«

»Dann darf ich Sie darauf aufmerksam machen, dass Sie bei eventueller Neuanpflanzung von Rosenbüschen oder was auch immer auf die vorgeschriebene Entfernung von der Grenzlinie zu achten haben. Die Resthecke steht exakt auf dieser Linie. Das heißt, sie gehört zur Hälfte mir. Und nun kommen Sie bloß nicht wieder damit, dass Sie die unteren 50 Prozent beanspruchen und dann herausreißen.«

Ich schluckte. DVD wollte Streit, das war offensichtlich, und genau diesen wollte ich vermeiden.

Den Umgang mit Giftzwergen dieser Kategorie, dachte ich, war ich nicht gewohnt, selbst wenn sie, wie in diesem Fall, ganz gut aussahen.

»An der Hecke«, mischte sich Herr Maier ein, der die wenigen Meter mit prüfendem Blick abgeschritten hatte, »ist nicht mehr viel zu retten. Ich würde sie an Ihrer Stelle wegnehmen«, wandte er sich an mich.

»Da habe ich aber auch ein Wörtchen mitzureden«, fiel DVD ein.

»Das ist Ihr Recht«, nickte ich. »Was schlagen Sie denn vor? Ich würde an die Stelle vielleicht Kirschlorbeer pflanzen. Die Büsche sind pflegeleicht und immergrün.«

»Ja, und zwischen ihnen hindurch springt Ihr Privatzoo auf meinen Rasenhang.«

»Sie meinen meine beiden Katzen.«

»In der Tat, Lady, Ihre Katzen, die es sich alsbald auf meiner Terrasse gemütlich machen werden. Da wird das Arbeiten für mich unmöglich.« Er war etwas lauter geworden.

»Die Katzen werden sich für Sie nicht im Mindesten interessieren, wenn Sie ihnen nichts zu essen geben und nicht versuchen, sie zu streicheln!« Ich bemühte mich, kühl und überlegen sachlich zu bleiben.

»Aber sie turnen hier herum!«

»Das bezweifle ich«, sagte ich ruhig. »Aber ich kann sie schließlich nicht festbinden, und im Übrigen werden die beiden Ihrem kostbaren Rasen keine Gewalt antun.« Das konnte ich mir dann doch nicht verkneifen.

Er ging darauf nicht ein. »Wir sollten anstelle der Hecke einen Zaun ziehen, Maschendraht oder Holz oder was auch immer, das ist mir gleich, aber einen Zaun.«

»Warum nicht gleich eine solide Mauer?« Die Sache fing an, mich zu ärgern. »Warum müsst ihr Deutschen denn überall Zäune ziehen, Mauern bauen und Grenzpfosten einschlagen? Wovor habt ihr Angst? Vor zu viel Nähe oder davor, dass euch jemand einen Quadratzentimeter eures teuren Besitzes wegnehmen könnte? Wozu schleichen Sie hier dauernd herum und mischen sich ein?«

»Sie werden mir zustimmen, Lady, dass Grenzen da sind, um respektiert zu werden. Sonst wären sie ja nicht da.« – Eine frappierende Logik.

»Ja, gut, wenn sie schon mal da sind«, räumte ich ein. »Aber auch dabei sollte man bei einigermaßen gutem Willen einvernehmliche Lösungen finden. Ein Zaun wäre der sichtbare Beweis, dass es genau daran mangelt. Also bin ich dagegen. Ein paar gemeinsame Sträucher oder Büsche würden die Grenze genauso markieren und damit ein Zeichen friedlichen Miteinanders sein, wenn Sie mich fragen.« Er fragte aber nicht. Allmählich begann ich, mich warm zu reden und gewann ein gewisses Vergnügen daran, diesem deutschen Spießokraten die Meinung zu sagen. Zu verlieren hatte ich schließlich nichts: Gute Nachbarschaft würde es zwischen uns niemals geben.

Er überlegte eine Weile, wobei er den Kopf zur Seite legte und hinauf in den Wald schaute.

Er hatte, abgesehen von erwähntem Kinn, dessen Konturen auch der Stoppelbart nicht ganz verbergen konnte, einen sehr markanten Hinterkopf, eine hohe Stirn und über allem diese weiße Mähne, in die sich bisher keine Tonsur gegraben hatte. Er wirkte, da er jegliche Leibesfülle vermissen ließ, größer, als er vermutlich war.

»Also, Lady«, begann er, »die Resthecke ist tatsächlich keine Augenweide mehr. Von mir aus können Sie sie kappen oder entfernen, egal. Aber ich bestehe auf einer eindeutigen Grenzmarkierung von unten bis nach oben, dort wo der kleine Nussbaum steht, den Sie so gern quer halbieren wollten. Wenn Sie sagen, Kirschlorbeer sei schön und praktisch, weil pflegeleicht, dann tun Sie, was Sie nicht lassen können. Ich werde keinen Einspruch erheben.«

»Danke«, sagte ich mit einem Blick in seine grauen Augen, die keine Reaktion zeigten. »Aber da gibt es noch ein Problem. Wenn ich die Grenze mit Büschen markiere, gelten sie als gemeinsames Eigentum. Für mich heißt das, dass Sie dann auch zur Hälfte an den Kosten beteiligt werden. Die Sache wird natürlich nicht billig.« Herr Maier nickte.

»Ach, Lady!« Er schüttelte den weißmähnigen Kopf. »Dass Frauen immer Hindernisse erfinden müssen! Meine großzügige Genehmigung Ihres Pflanzabenteuers ist mindestens den halben Preis wert. Also pflanzen Sie und geben Sie endlich Frieden.«

Damit drehte er sich um, stakste auf langen Beinen über seinen teuren Rasen auf seine Terrasse zu und verschwand geräuschvoll im Haus.

Jetzt war es an mir, den Kopf zu schütteln. »In Ordnung«, sagte ich zu Herrn Maier, »die Hecke weg, die kleinen wilden Ahörner inklusive, und dann pflanzen wir Kirschlorbeer. Da kann sich der Herr später nicht über unmäßigen Laubbefall auf seiner Seite beklagen. Geht das bald?«, fragte ich.

»Ich fang noch heute an. Morgen besorge ich die Büsche, dann geht alles in wenigen Tagen. Isch des rächt?«

Es war *rächt*.

Am Nachmittag montierte der Elektriker den neuen Bewegungsmelder. Es war ein voller Erfolg: Alle Lampen, zwei an jeder Hausseite, schalteten sich ein, sobald sich jemand näherte. Selbst Peterle, das winzige, löste den Mechanismus aus. Sara würde zufrieden sein. Sogar kriechend würde kein Mörder unbemerkt zu mir vordringen.

Später, restlos erschöpft, saß ich am Fenster, ohne Licht im Zimmer, und ließ mich auf einen Weißherbst ein, den mir die Pfauen-Wirtin als eine badische Spezialität empfohlen hatte. Es war ein fruchtiger, dennoch kerniger Rosé, der – warnte sie – leicht daherkomme, aber obwohl gekühlt getrunken, die Wärmewirkung eines Rotweins fast erreiche. Das genau brauchte ich jetzt, rückblickend und, wie sich herausstellte, in weiser Voraussicht.

War ich DVD gewachsen? Würde er alles Mannesmögliche versuchen, um mir das Leben in meinem kleinen Haus zu verleiden? Würde er, der doch angeblich ungemein kreative geistige Kräfte in sich trug, ebendiese Kräfte umfunktionieren zum dauernden primitiv-animalischen Kampf gegen mich? Was konnte er gegen mich haben, außer dass ich das Haus neben ihm bewohnen wollte?

Ich überließ den Weißherbst, der noch jung und spritzig war, aber das typische Feuer bereits in sich hatte, eine winzige Weile dem Gaumen, ehe ich ihn hinunterschluckte. Manches, dachte ich, ist leichter zu ertragen in einer Gegend, wo Wein wächst und kultiviert und bewusst genossen wird. Der Gedanke war tröstlich.

Zwei Tage später war die Resthecke beseitigt (das Geräusch der dieselgetriebenen Maschine, deren Einsatz leider notwendig war, ließ DVD offenbar unbeeindruckt, denn ich sah ihn nicht) und weitere zwei Tage später waren die Büsche gesetzt, angegossen und von Rindenmulch umgeben. Am selben Abend kam der Elektriker, um den Bewegungsmelder bei Dunkelheit auszuprobieren. Er ging von der Garage auf das Haus zu, und schon leuchteten alle Lampen schrillweiß auf.

»Zufrieden?« Der Meister erwartete ein Lob.

»Ja, wunderbar. Danke.«

Die Lampen leuchteten noch viele Male an diesem Abend – wenn Bini und Peterle von Inspektionsgängen heimkehrten, eine fremde Katze sich hierher verirrte, ein Marder etwas zu beißen suchte oder der Wind mit den Zweigen am Forsythien- oder Fliederbusch spielte. Das blendende Licht fiel auch in die Zimmer und störte jene Behaglichkeit, die abendliche Dämmerung für mich bedeutete.

»Mum, daran wirst du dich gewöhnen«, meinte Sara, als ich ihr von meinem Unbehagen wegen der künstlichen Lichtflut berichtete. »Denk immer dran: Du wirst jetzt nicht mehr ungestört ermordet werden!« Sie lachte und ich konnte mir vorstellen, wie sie ihr – vermutlich inzwischen rabenschwarzes – Haar dabei zurückwarf.

Nun gut. Womöglich hatte sie recht.

Ich wachte in der Nacht einige Male auf, weil es taghell wurde, aber schlief auch wieder ein.

Am nächsten Morgen, als ich ein Blumenbeet zu richten begann, hörte ich mir bekannte, leicht schlurfende Schritte. DVD.

»Ich weiß nicht«, begann er ohne weitere Einleitung oder Gruß, »sind Sie nun dumm oder böswillig?«

»In Ihren Augen«, dabei sah ich ihn, wie ich glaubte, durchdringend an, »sicher beides.« Ich baute insgeheim meine Verteidigungslinien auf. »Was wollen Sie denn jetzt schon wieder? Ragen die neuen Büsche fünf Millimeter zu weit auf Ihr Grundstück? Haben meine Katzen bei Ihnen Gras gekaut und, als Ergebnis, ihren Magen auf Ihrer teuren Terrasse umgestülpt? Oder bin ich zu laut beim Blumensäen?«

Er beäugte mich einen Moment schweigend. Dann sagte er, wobei er jedes Wort betonte: »Sie wissen ganz genau, was ich meine. Ihre Lampen. Die gehen nachts andauernd an und bescheinen meine Räume, auch mein Schlafzimmer. Das Licht ist grell und unerträglich.«

»Mag sein«, ich bemühte mich um kühle Distanz, »aber auf diese Weise werde ich nicht neunundvierzigeinhalb Mal überfallen und drei Mal umgebracht.«

Jetzt – Verzeihung! – *glotzte* er.

»Was? Was soll der Unfug?«

»Die Beleuchtung, Herr Nachbar, dient meinem Schutz.«

»Und nimmt mir den Schlaf, Frau Nachbarin. Damit kommen Sie nicht durch. Von einem derartigen nächtlichen Lichtschein geht nach einem Urteil von 2001« – er musste seinen Sohn, den schneidigen Anwalt, konsultiert haben! – »ich zitiere: ein erhebliches Lästigkeitsgefühl mit einer Einschränkung hinsichtlich der Annehmlichkeit des Daseins aus.« Alle Achtung, er brachte den Satz ohne Stottern heraus, das hätte ich nie geschafft! »Das Aktenzeichen kann Ihnen mein Sohn« – aha! – »sagen. Jedenfalls müssen Sie mit einem Ordnungsgeld von mindestens 250 000 Euro rechnen, eventuell sogar Haft, wenn Sie mir weiterhin in dieser Weise heimleuchten.«

Das war hart. Ich überlegte: Handelte es sich um eine Finte oder war das Ernst? Ein Blick in das ebenso müde wie entschlossene Gesicht meines Gegners zeigte mir: Es war ihm ernster als ernst.

»Ich bitte um Entschuldigung«, ruderte ich zurück. Aber nein, gänzlich klein beigeben wollte ich nicht gegenüber diesem offenbar auf Paragrafen pochenden Deutschen. Fast konnte ich deutschfeindlich werden, wären da nicht die Herren Maier und Herrmann gewesen, die freundlichen Menschen im Hofladele, die Bewohner an der Hauptstraße, die nicht nur grüßten, sondern nach meinen Fortschritten bei der Eingewöhnung fragten, der Postbote, der Lieferservice und, natürlich, die Pfauen-Wirtin, zu der ich ging, wenn mir der Sinn nach gutem Essen und tagesfrischer Information stand. Mit der jungen Familie im Neubau ganz in meiner Nähe hatte ich auch schon Bekanntschaft geschlossen. Andererseits: Mich hatte das grelle Licht ebenfalls gestört.

»Können Sie mir sagen, welche der Lampen Sie beeinträchtigen?« Ich gratulierte mir zu diesem wohlformulierten Satz.

»Alle«, sagte er kurz angebunden.

»Unfug!«, konterte ich. »Die an meiner Westseite zum Beispiel sehen Sie überhaupt nicht.«

»Na gut. Die nicht. Aber die anderen.« Er betrachtete die neuen Büsche. »Sieht passabel aus«, murmelte er mehr, als er sprach.

»Wenn ich nun die Lampen an meiner Ostseite, also jene, die in Ihre Richtung leuchten, abschalten ließe, wären Sie dann zufrieden?«

Nach einer halben Minute des Überlegens schaute er mich an: »Gut. Wenn's noch heute geht. Ich möchte nämlich wieder ungestört schlafen.« Er sah in der Tat müde aus. Und in seiner Müdigkeit verletzlich. »Ich hoffe«, sagte er, ehe er seiner Terrasse zustrebte, »dass Sie nun nicht neunundvierzigeinhalb Mal ermordet und drei Mal überfallen werden.«

»Umgekehrt«, rief ich ihm hinterher. Aber das schien er nicht mehr zu hören.

»Was will das Ekelpaket? Die Lampen abschalten? Ist der wahnsinnig?«, empörte sich Sara, als sie am Abend anrief. »Lass dich nicht kleinkriegen, Mum! Der Alte hat den ganzen Tag Zeit zu schlafen. Nachts kann er die Rollläden runterlassen oder fernsehen oder Solitär am Computer spielen, dieser alte Knacker!«

In ihrem Eifer, mir zu helfen, übersah sie, dass ich ebenfalls zu der Generation gehörte, die sie »alte Knacker« nannte.

Tom Ich hatte, ohne Zweifel, eine Blockade. Seit anderthalb Stunden saß ich am Schreibtisch vor leeren weißen Blättern. Mein Blick verirrte sich durch das breite Südfenster, streifte über die Dächer des Dorfes unter mir, den wirklich lächerlich kleinen Kirchturm und dann, über allem, die runden Kuppen der Berge, deren waldige Haarstoppeln, wie ich sie nannte, täglich lichter zu werden schienen. Auch darüber sollte und wollte ich schreiben – sobald ich es wieder konnte.

Das Konzept für meine neue Arbeit, wenn man es denn überhaupt als solches bezeichnen konnte, war simpel: Ich wollte jene kleinen großen Wunder der Natur ins Visier rücken, die im Zeitraffer der allgegenwärtigen Informationstechnik vergessen, übersehen oder durch Raubbau diverser Art vernichtet wurden.

Mir fiel ein, wie ich das erste Mal eine gemeine Nachtkerze beobachtet hatte, die ihre gelbe Blüte in schier unglaublicher Geschwindigkeit öffnete: Welche Energie, wie viel Leben steckte in dieser selten zur Kenntnis genommenen *gemeinen* Pflanze. Oder die Ameisen auf der Terrasse, die in langen Reihen irgendetwas hin- oder herschleppten, Reihen, die einander begegneten, einander auswichen, wobei die eine oder andere Trägerin auch schon einmal überrannt oder rüde beiseite geschoben wurde.

Ich wollte diese Wunder schildern und zugleich den Menschen als gedankenlosen Konsumenten der Natur brandmarken, die uns nicht zum rücksichtslosen Verbrauch gegeben worden war, sondern als Lehen, das es zu erhalten und zu pflegen galt. Der große Irrtum war doch, dass die Natur ihre Ausbeutung ohne Gegenwehr hinnehmen würde.

Das Thema lag vor mir, zum Greifen nah, aber seit Tagen hatte ich keine Zeile zu Papier gebracht. Ich saß und wartete, denn wenn Ideen anklopften, musste man bereit sein. Die Ideen jedoch blieben aus. Woran lag es? Wann hatte die Blockade begonnen?

Es war der Tag, an dem SIE nebenan eingezogen war. Ich dachte an SIE in Versalien, was einen hohen Grad an Distanz ausdrücken sollte – Distanz, zum Mindesten. Aber was genau war es, das mich in meiner Arbeit beeinträchtigte und damit in meinem Alltag? Stand ich, der erfahrene Journalist und Autor, nicht über Lappalien wie Nachbarschaft, Grenzen und Nähe? Doch: auch Nähe.

Unsere Häuser lagen nur wenige Meter voneinander entfernt. Solange nebenan niemand lebte, ich folglich auch niemanden sehen würde und mich auf niemanden einzustellen hatte, konnte ich in Ruhe arbeiten und mein selbstverordnetes Einsiedlertum leben – in meinem, wie ich es taufte, Alleinjahr. Männer, dachte ich, müssten, wenn sie kreativ waren, gelegentlich ein solches Alleinjahr nehmen, um der Kreativität ungehinderten Raum zu geben. Ungefiltertes Leben war das für mich, und ich setzte es nicht nur einmal durch gegen meine jeweiligen Frauen oder Freundinnen.

Phil hatte mir, wie schon erwähnt, dieses Domizil besorgt. Er kannte mich und meinen sporadischen Drang zum Ausbruch aus der Haftanstalt Alltag und deren eisernen Regeln. Er wusste auch, dass ich Abstand zu Menschen suchte in diesen Phasen, insbesondere zu Frauen; er kannte meine Neigung zu spontaner Entflammung, die ich oft genug mit Liebe verwechselt hatte. Davon war ich, mit jetzt siebzigeinhalb, geheilt. Sollte ich dennoch jemals wieder in Versuchung geraten, mich einer Frau zu nähern, würde ich erstens nicht mit ihr zusammenleben und zweitens sie nicht heiraten. Und drittens, fügte mein männliches Ego hinzu, würde sie auf keinen Fall alt sein.

Was hatte mich auf diesen gedanklichen Pfad gelenkt? Ach ja: SIE. Im Grunde war die ganze Sache lächerlich und meiner unwürdig. Die Lady hatte durch nichts erkennen lassen, dass sie in meine Nachbarschaft gezogen war, einzig um mir Probleme zu bereiten. Sie wusste vermutlich nicht einmal, dass sie jemandem wie mir hier begegnen würde, mir, einem im Miteinander – wenn ich ehrlich bin – nicht gerade einfachen Mann. Meine letzte Freundin hatte mir öffentlich vorgeworfen, ich sei besitzergreifend, dominant und rechthaberisch. Natürlich war das maßlos übertrieben. Allerdings hatte ich, zugegeben, wohl charakterliche Ecken und Kanten, die nicht ohne Weiteres zu ignorieren waren.

Die Lady würde sich an meine kompromisslose Härte, die ich als Konsequenz aus den vielen Jahrzehnten bewussten Lebens und auch als ein Zeichen meiner fortgeschrittenen Individuation empfand, gewöhnen müssen. Oder abziehen. Obwohl – obwohl … Was hatte sie mir eigentlich getan außer der Störung meiner Ruhe durch ihre bloße Existenz ein paar Meter entfernt von meiner Klause? Gut, sie wollte, ohne zu fragen, den Nussbaum ausgraben, die weiß Gott hässliche Resthecke beseitigen und durch Büsche ersetzen, die mir durchaus gefallen würden, besonders wenn sie blühten. Ich mochte Pflanzen, die Blüten hervorbringen, und seien sie das wildeste Unkraut. Überhaupt: Unkraut. Kein Kraut ist ein Un-Kraut, nur weil es dem Menschen auf Feld und Beet lästig ist. Die Vernichtung dieser Spezies – ich rekapitulierte mein im Entstehen begriffenes Buch – trug zum Schwund der Artenvielfalt bei. Ob sich die Lady darüber klar war? Ich sah sie fast jeden Tag, wenn es nicht wie aus Kübeln schüttete, rund um ihr Fachwerkhaus graben, säen, pflanzen, gießen. Die verkommenen Rosenstöcke waren durch neue ersetzt worden. Die Obstbäume blühten. Die Kirschlorbeerbüsche sahen, fand ich, wunderbar aus mit ihren kräftigen, glänzenden Blättern, die von liebevoller, stetiger Pflege mit der Kanne kündeten. Mehr noch: Die linke Hälfte dieser stattlichen Reihe gehörte rechtmäßig mir.

Bei dieser Überlegung war mir plötzlich unbehaglich. Die Lady hatte wahrscheinlich eine beträchtliche Summe berappen müssen für unsere grüne Grenzbefestigung. Ich wollte sie damit auch nicht sitzen lassen, konnte mich aber an jenem Tag der neuerlichen Konfrontation nicht dazu durchringen, ihrer durchaus nicht unhöflichen Forderung nach einem Kostenbeitrag ohne Umstände nachzugeben. Man(n) muss nicht immer gleich ja sagen.

Ich rechnete nach, was sie schätzungsweise hatte zahlen müssen. Pro Busch etwa 50 Euro, dachte ich, das machte bei 20 von der Sorte 1.000 Euro. Gärtnerlohn gewiss nicht unter 500. Die Hälfte wäre also 750 Euro. Ach, nicht kleinlich sein. Ich würde morgen zur Bank gehen, das Geld holen, noch 100 drauflegen und die Scheine in einem Briefumschlag in ihren Kasten werfen. Mit freundlichen Grüßen. Da wäre die Geschichte aus der Welt und meine Schreibblockade womöglich gelöst.

Bei dieser erfreulichen Aussicht fühlte ich das Bedürfnis, mir etwas flüssiges Obst zuzuführen, und fahndete nach der Flasche Williams Christ im Schreibtisch-Unterschrank. In dem Augenblick läutete es Sturm an der Haustür. Ich fuhr dermaßen zusammen, dass ich um ein Haar die Birne hätte fallen gelassen. Da musste es jemand verdammt eilig haben.

Leicht verärgert wegen des fast verschütteten Vitaminstoßes öffnete ich die Tür. SIE war es. Noch ehe ich sie mit einem meiner Lieblingskraftausdrücke auf ebendiese Verärgerung einstimmen konnte, sagte sie fast tonlos: »Bitte helfen Sie mir.«

»Was zum …«, hatte ich auf den Lippen, als ich ihr fahles Gesicht bemerkte.

»Peterle ist angefahren worden, der rechte Hinterlauf ist wahrscheinlich gebrochen, das Gelenk ausgekugelt, ich muss zum Tierarzt. Könnten Sie mich fahren? Ich muss im Auto das Tier halten«, brachte sie erstaunlich unaufgeregt hervor.

»Wo ist die Katze?«

»Auf einem Tablett vor der Garage. Können Sie meinen Wagen fahren?«

Den grünen Frosch? Nie im Leben!, dachte ich und sagte: »Meiner steht gleich um die Ecke. Nehmen wir den. Gehen Sie und holen Sie das Peterle.«

Ich stellte das Tablett mit dem kleinen schwarzen Fellbündel auf ihren Schoß, als sie im Wagen saß. »Wohin?«

»Ich hab gehört, in fast jedem Dorf hier gibt es einen Tierarzt oder eine Tierärztin. Wir fragen uns einfach durch.«

Es wurde die seltsamste Autofahrt meines Lebens. SIE sprach kein Wort. Sie weinte. Weinte still und ohne sich zu rühren. Die Tränen rannen die Wangen hinunter. Sie wischte sie nicht ab. Hielt die Hände an den Körper der wimmernden Katze. Noch nie hatte ich eine Frau auf diese Weise weinen gesehen.

Ich war froh, dass mich das Steuern des Wagens und die Passantenbefragung in Anspruch nahmen, sodass ich nur hin und wieder aus dem Augenwinkel zu ihr hinüberschauen konnte. Mitleid. Das war es, was mich dann doch bewegte.

Ich begleitete sie in die Praxis, die uns ein älteres Paar empfohlen hatte. Sie trug das Tablett, von dem sie sich nicht trennen wollte. Als sie im Behandlungsraum verschwunden war, nahm ich Reißaus. Im Wartezimmer zu sitzen, würde ich nicht aushalten. »Ich warte draußen beim Auto«, sagte ich der Dame in der Aufnahme und ging schnellen Schrittes hinaus.

In der Nähe fand sich ein Zeitungsstand. Ich kaufte das Lokalblatt, das ich nicht abonniert hatte, und setzte mich zur Lektüre in den Wagen. Hoffentlich würde es nicht lange dauern und hoffentlich würde sie inzwischen aufgehört haben zu weinen und zur sachlichen Einschätzung des Vorfalls gelangt sein: Ihr Vierbeiner war auf die Straße gesprungen, von einem Auto gestreift und offenbar leicht verletzt worden. Ein hilfreicher Nachbar – ich – hatte seine Arbeit unterbrochen und sie samt Tier zum Arzt gebracht, der das Nötige unternehmen würde. Anschließend fuhr besagter Nachbar – ich – sie samt versorgtem Tier heim, wo sie, falls lernfähig, künftig die Türen geschlossen halten würde, um ihren Katzen Ausflüge auf unseren Asphaltstreifen, der als Fahrbahn diente, abzugewöhnen.

Aber waren Frauen überhaupt lernfähig? Ich war gerade dabei, mich auf eine gründliche Analyse dieser Frage zu begeben, als die Praxistür geöffnet wurde. Das Tablett erschien und mit ihm die Lady und die Katze. Sie blieb stehen, bis sie mich entdeckte, und kam dann auf mich zu. Das Tier auf dem Brett rührte sich nicht. Der Hinterlauf war bandagiert, und SIE, zwar noch blass, blickte recht gefasst, wie es schien.

»Und?«, fragte ich, als wir in Richtung unseres Hügeldorfs fuhren.

»Das Bein ist nur angebrochen, das Gelenk wieder eingerenkt, wir haben viel Glück gehabt«, sagte sie und schloss mit einem Seufzer. »Jetzt muss Peterle erst mal die Narkose ausschlafen – es war eine ganz leichte –, und ein Schmerzmittel hat ihm die Ärztin auch gegeben. Das wird für die nächsten Stunden reichen.«

»Fürs Erste wird die Katze wohl nicht mehr draußen herumrennen«, bemerkte ich optimistisch.

Sie schwieg dazu. Erst als ich sie vor ihrem Haus abgesetzt und die Tür für sie aufgeschlossen hatte, sagte sie: »Danke für Ihre Hilfe, Herr Nachbar. Das war wirklich sehr lieb von Ihnen.«

Damit brachte sie mich in eine schwierige Lage. Sollte ich freundlich *Gern geschehen* oder gar *Es war mir ein Vergnügen* antworten, obwohl das keinesfalls der Wahrheit auch nur nahekam? Oder einfach *Na denn, gute Besserung* wünschen und rasch verschwinden, ehe sie sich genötigt fühlte, ihren Herrn Nachbarn eventuell hereinzubitten?

Nein. Ich entschied mich für ein knappes: »Nicht der Rede wert« und trat den Rückzug an. Damit war die Grenze wieder abgesteckt, dachte ich.

Nach einem weiteren erfolglosen Versuch, mich auf meine Arbeit zu konzentrieren, entschloss ich mich am späteren Nachmittag zu einem meiner gewohnten Spaziergänge im Wald oberhalb des Dorfs. Ich stieg einen recht steilen Pfad hinauf, der mich zu meiner geliebten Panorama-Promenade führte, einem schmalen Höhenweg, der immer wieder Ausblicke auf den recht altmodisch-malerischen Ort mit seinem Kirchlein und dem mageren Holzturm erlaubte. Wenn man den hervorspringenden Felsen, etwa auf halber Strecke, emporkraxeln mochte, öffnete sich die Weite der Rheinebene wie ein Bilderbuch vor dem Betrachter – mit seinen Spielzeugweilern und Rebhängen, die der Wald an das Tal abgab, und der gewundenen Bahntrasse, auf der ich, wenn ich Glück hatte, geräuschlos einen winzig wirkenden, silbrigen Intercity-Express entlangrollen sah. Im fernen Dunst wirkte das Land da unten unendlich. Ich konnte, auf einem Baumstamm hockend, meinen Blick darauf ruhen lassen und, wenn die Ruhe mich ganz erfasst hatte, nach innen richten.

Selten verirrte sich ein Tourist, ein Kurgast oder ein Einwohner hier herauf, und selbst die von einem Prospekt des Verkehrsamts so gelobte Wassertretstelle, die ich am Ende meiner Rundwanderung gewöhnlich passierte, war zu dieser Tageszeit häufig verlassen. Diesmal allerdings stakste eine Gestalt in dem Becken herum, und während ich beim Näherkommen noch überlegte, ob ich hinüberschauen und grüßen oder doch lieber, vermeintlich tief versunken, vorbeischlendern sollte, rief eine Stimme: »Hallo, Herr Nachbar!«

»Oh, hallo«, erwiderte ich mehr als zögernd und wollte meinen Weg fortsetzen. Aber die Dame schien den Schock vom Vormittag überwunden zu haben. Sie wirkte – nicht gerade zu meinem Vergnügen – munter und mitteilsam.

»Waren Sie hier schon mal drin?«

Ich blieb, als notorisch höflicher Mensch, wider Willen stehen. »Nein«, sagte ich.

»Es ist einfach herrlich, zwar im ersten Moment entsetzlich kalt, aber dann kommt Leben in Füße und Beine.«

»Schön für Sie.« Ich hoffte inständig, sie würde sich jetzt wieder eben diesen ihren Extremitäten zuwenden, als sie rief: »Probieren Sie's doch auch einmal.«

»Ich habe keine passende Kleidung für so etwas!«

»Brauchen Sie nicht. Machen Sie's wie ich: Hosenbeine hochkrempeln, Schuhe und Strümpfe aus und rein ins Wasser.«

Wirklich: Sie hatte ihre blauen Jeans hochgerollt und machte Anstalten, aus dem Wasser zu steigen. Um Himmels willen! dachte ich. Und dann: Warum nicht? (Wo bleibt meine männliche Logik?)

»Und wie wird man wieder trocken? Ich will mich nicht erkälten«, wandte ich ein.

»Sie können die Beine trocken schütteln oder mit einem Taschentuch abreiben oder, wenn Sie sich nicht genieren, mein Handtuch benutzen. Ich habe aber auch, glaube ich, noch Küchenkrepp im Kofferraum.«

Letzteres war ich bereit zu akzeptieren und ließ mich auf das Abenteuer ein. Alsbald staksten wir beide hintereinander – »Schön die Füße heben«, mahnte sie – durch das Becken, das von einer Bergquelle gespeist wurde.

»Flüssige Eiswürfel könnten nicht kälter sein«, merkte ich an, als wir sozusagen an Land gingen, uns auf einer der Bänke die kalten Waden und Füße abrieben – ich nahm dann doch ihr Handtuch – und die Hosenbeine nach unten rollten. Sie hatte recht: Ein unbeschreiblich wärmendes, prickelnd-belebendes Gefühl stieg von der Fußsohle hinauf bis zu den Knien und breitete sich, meinte ich zu spüren, im ganzen Körper aus.

»Machen Sie das hier jeden Tag?«, wollte ich wissen.

»Nicht regelmäßig, nein, aber häufig, besonders wenn ich lange gesessen und gearbeitet habe. Mit dem Auto bin ich in fünf Minuten hier oben. Oder ich gehe zu Fuß.«

Heute jedenfalls hatte sie ihr Auto dabei. Was sie wohl mit *arbeiten* meinte? Nein, nicht fragen. Grenze einhalten, sagte ich mir.

»Also, dafür muss ich Ihnen wirklich danken, Frau Nachbarin. Ohne Sie wäre ich nie auf die Idee gekommen, das Wasser zu treten.« Sie lächelte. Sie hatte ihr leicht verrutschtes Lächeln wiedergefunden. »Wie geht es der kranken Katze?« Diese Frage diktierte mir einzig meine gute Erziehung.

»ER schläft. Er ist nämlich ein Kater. Wird wohl erst am Abend aufwachen. Der kleine Kerl ist sonst gesund und voller Kraft. Er wird diese Verletzung mühelos überstehen. Ich hoffe, er hat künftig Angst vor Autos und saust beim ersten Motorengeräusch davon.«

Eine Weile saßen wir schweigend auf der Bank. Die Sonne, die sich schon auf ihre abendliche Zeremonie – die farbenprächtige Versenkung hinter der Kammlinie der Vogesen – vorbereitete, sandte noch recht warme Strahlen aus, die uns durch das frische hellgrüne Buchenlaub gefiltert auf dieser kleinen Lichtung erreichten.

»Sie haben um die Katze geweint.« Einem plötzlichen Impuls folgend, wandte ich mich zu ihr. »Verzeihen Sie mir, wenn ich Sie darauf anspreche. Es interessiert mich vom psychologischen Standpunkt aus. Ich hatte nie ein Haustier, kann mich also höchstens oberflächlich in Ihre Lage versetzen. Ich wüsste gern mehr über Ihre Beziehung zu Ihren Katzen.«

Sie dachte eine Weile nach. »Ich könnte Ihnen jetzt sagen, dass Tiere eine Art Kind-Ersatz sind. Das ist aber nicht der

Kern. Denn ich habe auch eine enge Beziehung zu Pflanzen, überhaupt zu allem, was lebt. Wir sind von jeher gewohnt, in festen Kategorien zu denken, die in einer ebenso festen Hierarchie verankert sind. Da sind die Menschen, dann die Tiere, die Pflanzen, die Mikro- und sonstigen Organismen – alles schön von oben nach unten angeordnet. Für mich aber ist Leben, in welcher Gestalt auch immer, eine Einheit, ein, sagen wir, großes Ganzes.«

»Leben ist universal, das sehe ich auch so.«

»Und so, wie ich Teil dieses großen Ganzen bin«, fuhr sie langsam fort, »sind es auch zum Beispiel meine Katzen. Das verbindet uns untereinander, das schafft auch interdependency – ich weiß das deutsche Wort nicht ...«

»Gegenseitige Abhängigkeit.«

»Danke. Wir können nur miteinander existieren, nicht ohne einander. Stellen Sie sich den Menschen in einer Welt ohne Tiere, Pflanzen und anderes Leben vor.« Ich schüttelte den Kopf. »Sehen Sie? Unmöglich. Deshalb habe ich Ehrfurcht – Würden Sie diesen Ausdruck akzeptieren? – ...« Ich nickte. »... vor allem, was lebt, und ich versuche es zu verstehen.« Sie schaute in die Ferne. Ihre Hand schob eine Haarsträhne, die sich vorgewagt hatte, nachdrücklich hinter das linke Ohr zurück.

»Das Einssein mit der Natur«, sagte ich nach einer Weile, »ist etwas Wunderbares. Ich fühle es auch, wenn ich meine langen Spaziergänge unternehme – dahin, wo keine Menschenseele unterwegs ist. Da höre ich nicht allein die Vögel singen, sondern das Flüstern des Laubs; ich spüre – lachen Sie nicht, bitte – die Gespräche der Bäume untereinander. Im Wald gibt es die schönste, tiefste *hörbare* Stille.«

»Da sind Sie auf der richtigen Spur«, nickte sie. »Wenn Sie diese Spur in sich selbst weiterverfolgen, wird Ihnen klar werden, dass zum Beispiel auch eine Katze als Teil der Schöpfung und zugleich denkendes Wesen mir nahe steht und ich, wie bei dem kleinen Kater, seine Schmerzen nachvollziehen kann oder besser muss.«

»Das verstehe ich durchaus. Ich glaube auch, dass Sie und ich, was die Frage des Lebens überhaupt betrifft, ähnlich denken, selbst wenn wir sie eben lediglich gestreift haben. Jedenfalls schulde ich Ihnen Dank und Anerkennung dafür, dass Sie mir mein Nachhaken – oder, wenn Sie meinen, meine Neugier – nicht übel genommen, sondern mir offen geantwortet haben. Ich bin als Wissenschaftsjournalist eigentlich dauernd auf der Suche nach Antworten.«

»Ich auch«, lächelte sie, »dazu braucht man kein Journalist zu sein.«

»Gut. Aber dieses impertinente Nachhaken, das liegt Ihnen im Gegensatz zu solchen Pressefritzen wie mir nicht.« Jetzt lachten wir beide.

»Soll ich Sie mit ins Dorf nehmen? Als Ausgleich für heute Vormittag? Soviel ich weiß, wohnen wir nicht besonders weit auseinander.« In ihren braunen Augen, ich sah es nicht ungern, blitzte es auf.

»Ein anderes Mal gern. Sie werden verstehen, dass ich meine mit Ihrer Assistenz wiederbelebten Füße ausprobieren möchte.«

Wenige Minuten später sah ich den Frosch-Mini den steinigen Weg auf die Dorfstraße hinunterhüpfen und versuchte, meine etwas wirren Gedanken zu sortieren.

Eine Stunde später war sie am Telefon. »Sie haben mir einen Batzen Geld in den Briefkasten gesteckt.«

»Sie haben vermutlich zwei Batzen für die Pflanzen bezahlt.«

»Stimmt genau. Ich finde es nett, dass Sie sich so großzügig beteiligen. Ganz vielen Dank.«

»Entspricht mein Beitrag etwa der Hälfte Ihrer Kosten?«

»Es ist sogar etwas mehr. Damit gehört Ihnen von Rechts wegen jeweils der halbe Busch.«

»Die obere oder die untere Hälfte?« Ich grinste und dachte an den Nussbaum.

»Keinesfalls«, beschied sie mich. »Die linke, damit das klar ist.«

»Ich will mich aber auch«, jetzt ritt mich der Gentlemanteufel, »am Gießen beteiligen.«

»Ach, das wäre schön.« Sie seufzte. »Die neuen Pflanzen brauchen viel Wasser und ich habe doch noch mehr zu versorgen als unsere« – sie sagte: *unsere* – »Kirschlorbeeren. Wenn Sie einverstanden sind, gieße ich sie an ungeraden und Sie an geraden Tagen. Aber bloß nicht zu viel. Das Düngen, falls nötig, übernehme ich.«

»So soll's sein«, bestätigte ich. Und machte mich wieder ans Gedankensortieren, während ich mich zurückversetzte auf die Bank an der Wassertretstelle. Mich bewegte weniger, *was* sie gesagt hatte – denn dessen Kern war für mich nichts prinzipiell Neues –, als vielmehr, wie sie es in Worte gefasst hatte. Ihre Philosophie entsprang keinem Lehrbuch, sondern kam von innen. Zugegeben: Das begann mich zu beschäftigen.

Um mich davon zu lösen, empfahl ich mir einen guten Rotwein. Es fiel mir nicht schwer, dieser Empfehlung zu folgen.

Fiona

Ich weiß nicht, wie ich auf die absurde Idee kam, ihm ein »Hallo« zuzurufen. Begeistert war er nicht darüber, das sah ich ihm an. Vielleicht war es meine fast schon an Euphorie grenzende Erleichterung darüber, dass Peterle so glimpflich davongekommen war, die mich jede Zurückhaltung gegenüber DVD vergessen ließ.

Glücklicherweise ging dann aber auch *mein* Abenteuer glimpflich aus. Mich wunderte, dass dieser unnahbare Paragrafenreiter Waldspaziergänge und die Stille liebte und offenbar ein Gespür für die Stimmen der Natur hatte. Das hätte ich ihm nach unseren bisherigen unerfreulichen Begegnungen nicht zugetraut. Immerhin: Er hatte mich und den Kater ohne viel Aufhebens zur Ärztin gefahren, doch sein Gesicht verriet, dass mein Anliegen für ihn die Lästigkeitsstufe Eins a hatte. Mir blieb dennoch keine Wahl. Der Bauernhof war zu weit entfernt und die junge Familie morgens nie zu Hause.

»Was? Der Alte hat dich gefahren?« Mick wollte es nicht glauben. »Find ich toll, dass du dich in die Höhle des Löwen gewagt hast, Mum. Und für DVD war's bestimmt gut, mal was Nützliches zu tun, anstatt nur zu glotzen.«

»Er glotzt nicht«, sagte ich.

»Woher weißt du das? Hast du rübergeschaut?«

»Nein.«

»Dann glotzt er bestimmt weiter. Mum, bleib auf Distanz zu dem Typ. Der ist bösartig.«

»Und woher weißt *du* das?«

»Ich habe ihn glotzen gesehen und gehört, was Sara sagt.«

»Was sagt denn Sara?«

»Sie hat mir die Sache mit den angeblich schrillen Lampen erzählt. Der spinnt wohl, der Alte. Du hast sie doch nicht abmontieren lassen?«

»Beruhige dich, Mick. Nein. Nur die beiden an der Hausseite, die ihn besonders stören.«

»Mum, du bist unmöglich. Er hat kein Recht, das von dir zu verlangen!«

»Doch, hat er. Da gibt es, wie er erklärt hat, ein Urteil. Er kann mir das Aktenzeichen nennen. Ich kann verklagt werden und laufe dann sogar Gefahr, hinter Gitter zu kommen.«

»Siehst du, Mum, da hast du den Beweis. DVD ist gemeingefährlich. Geh ihm künftig um Himmels willen aus dem Weg – und wenn die nächste Katze dabei draufgeht!«

»Mick!« Ich wurde allmählich wütend. Warum mischte er sich in dieser Weise ein? War ich nicht mehr fähig, meine eigenen Angelegenheiten zu regeln? Laut sagte ich: »Hör auf, mir dauernd Ratschläge zu geben. Ich kann selbst auf mich aufpassen.«

»Hoffentlich!«, erwiderte er, leise grollend. Dann einlenkend: »Was macht das Katertier?«

»Es geht ihm besser. Aber ich musste am Morgen danach wieder zur Ärztin, weil er anfing, sich die Bandage abzureißen. Wahrscheinlich juckte es wie verrückt.«

»Da bist du natürlich wieder bei DVD gewesen«, sagte er mit Abscheu in der Stimme.

»Bin ich nicht! Diesmal konnte ich Peterle in den Transportkorb stecken und folglich selbst Auto fahren. Er muss jetzt eine Halskrause tragen. Das sieht einerseits possierlich, andererseits zum Fürchten aus, sag ich dir. Binimaus jedenfalls hat darauf ausgesprochen feindlich reagiert. Sie hat das arme Katerle wohl in dieser Aufmachung nicht wiedererkannt, und außerdem roch es bestimmt noch nach Arzt. Jedenfalls habe ich Peterle aus dem Verkehr gezogen und ins Schlafzimmer gesperrt.«

»Da hat er dann zum Trost dein Bett. Und wenn er mal muss?«

»... steht sein Katzenklo daneben. Bini geht zu diesem Zweck ja meistens nach draußen.«

»Was macht der Garten? Hast du viel zu tun? Und die Malerei?« Er schoss die Fragen in gewohnter Kürze ab.

»Zum Malen bin ich noch gar nicht wieder gekommen. Ich weiß nicht mal, wo die ganzen Sachen stecken. Es gibt zu viel zu tun. Ich hab noch nicht mal alle Umzugskartons ausgepackt, stell dir das vor.«

»Kann diese Frau aus dem Dorf, Gritli, oder wie sie heißt ...«

»Klärle.«

»... dir nicht zur Hand gehen?«

»Das würde sie sicher gern tun. Aber ich mach das lieber selbst, ganz in Ruhe.«

»Überanstrenge dich nicht«, mahnte Mick. »Du bist nicht mehr die Jüngste.«

»Danke für den Hinweis, mein Sohn«, gab ich, nicht sehr herzlich, zurück. »Beim Pflanzengießen habe ich übrigens inzwischen Unterstützung.«

»Hast du den Hausmeisterservice engagiert?«

»Nein. Mein Nachbar hat sich angeboten, jeden zweiten Tag die neuen Büsche auf der Grenzlinie zu wässern.«

»Du hast das doch nicht etwa angenommen, Mum?«

»Doch. Habe ich. Warum nicht?«

»Der Herr leistet sich andauernd neue Übergriffe, fürchte ich.«

»Welche Form von Übergriff siehst du im Schwenken einer Gießkanne?«

»Okay, Mum, soll er tun, was er nicht lassen kann. Da macht er sich wenigstens jeden zweiten Tag nützlich, anstatt zu glotzen oder Paragrafen zu reiten.«

»Er hat, das muss ich dir noch sagen, mehr als die halben Kosten für die Anpflanzung übernommen. Von sich aus.«

»Wenigstens etwas. Gut. Kein Grund, ihm deshalb um den Hals zu fallen«, knurrte er.

»Das, mein lieber Sohn, werde ich mit Sicherheit niemals tun!« Der Gedanke erheiterte mich.

»Na dann«, sagte Mick. »Halt dich weiter wacker, Mum. Bye.«

Ich packte noch einen Karton aus, spürte mein Kreuz – ich war, wie ich dank Mick inzwischen wusste, nicht mehr die Jüngste – und spazierte über einen Waldpfad hinunter ins Dorf, um mich mit einem Mittagsmahl im Pfauen zu belohnen.

Dem Reisebus auf dem Parkplatz vor dem Lokal schenkte ich keine Beachtung, was ein grober Fehler war. Kaum hatte mich die Drehtür in den Gastraum geschoben, als ich auch schon kehrtmachen wollte: Hier fand eine Massenabfütterung statt. Eine für mich unübersehbare Zahl an Touristen hatte alle Tische erobert. Nichts wie raus, dachte ich, aber die Wirtin war schneller: »Wie schön, dass Sie gekommen sind, Missis«, begrüßte sie mich, »da hinten ist noch Platz für Sie.«

Seit sie erfahren hatte, dass ich aus England kam, hatte sie sich – wohl auch mit Hilfe ihrer Tochter, der Lehrerin – ihrer Schulenglischkenntnisse entsonnen und mich, wie sie glaubte, mit der Anrede *Missis* beglückt. Zugleich tat sie damit anderen Gästen kund, dass sogar eine leibhaftige Lady aus Britannien ihre Küche zu schätzen wusste.

Sie lotste mich in die Ecke neben der Garderobenwand. Ein Tisch mit vier Gedecken war frei; auf dem daneben stand das Schild »Reserviert«, obwohl er besetzt war. Dort, erkannte ich zu meinem Schrecken, saß DVD hinter einer Zeitung.

»Sie können auch hier Platz nehmen«, die Wirtin deutete auf den freien Tisch, »aber Herr Wendt hat sicher nichts dagegen, wenn Sie sich zu ihm setzen. So lernen Sie beide sich besser kennen.«

Ich war in einer peinlichen Lage. Mich zu DVD zu gesellen oder, korrekter, zu ihm gesellen zu lassen, widerstrebte mir außerordentlich, um mich höflich auszudrücken. Eine Wahl hatte ich indessen nicht, wenn ich die Wirtin nicht vergrätzen wollte, die – listig, wie sie war – um den einzigen freien Tisch für andere Gäste fürchtete.

Er kam hinter seiner Zeitung hervor.

»Ich störe Sie nicht gern«, sagte ich, »aber ich bin ein Opfer des Touristenüberfalls.«

»Sie haben doch bestimmt nichts dagegen, dass Missis Conradt Ihnen Gesellschaft leistet«, trötete die Wirtin.

DVD legte, äußerlich gefasst, die Zeitung nieder. »Selbstredend nicht, Frau Kramer.«

Die Wirtin namens Frau Kramer, wie ich bei der Gelegenheit erfuhr, strahlte, erleichtert ob des gelungenen Schachzugs. »Wir haben Schäufele heute mit Kartoffelsalat als Stammgericht, kann ich Ihnen wärmstens empfehlen.«

»Schäufele?« Damit konnte ich nichts anfangen.

»Das ist geräucherte und gekochte Schweineschulter, eine Spezialität dieser Gegend«, erläuterte sie, immer noch strahlend. »Und unser hausgemachter badischer Kartoffelsalat ist Spitze.«

»Das kann ich bestätigen«, meldete sich DVD zu Wort. »Dieser Salat ist ein Genuss. Ganz anders als der in Norddeutschland, bei dem die Kartoffeln unter einer Grabplatte von fettester Mayonnaise den Rest ihres Lebens aushauchen.«

Ich sah ihn an und lachte schallend. »Das haben Sie herrlich ausgedrückt! Da überlege ich nicht lange: Ich nehme das Schäufle …«

»Schäu-FE-le«, berichtigte er.

»… Schäu-FE-le und den Salat, in dem Kartoffeln nicht ihr Leben aushauchen.«

Die Wirtin verschwand eiligen Schrittes, wobei ihr Zopf, gekrönt von einer festlich roten Schleife, emsig wackelte.

Nach diesem Intermezzo saßen DVD und ich einander gegenüber und fühlten uns herzlich unwohl. Ich sah ihm an, dass es ihm so ging wie mir. Er hätte gern weitergelesen, traute sich jedoch in meiner Anwesenheit nicht. Ich beschloss, ihm zu Hilfe zu kommen.

»Sie dürfen sich ruhig wieder hinter ihrer Zeitung verkriechen. Tun Sie, als sei ich nicht da. Mir ist diese Zwangsunion auch nicht angenehm. Ich hätte beim Anblick des Reisebusses umdrehen sollen.«

»Machen wir das Beste aus dem Unabänderlichen, Frau Nachbarin.« Das klang ruhig und schon etwas gelöster. »Lesen will ich nicht mehr, denn da kommt mein Essen. Schäufele übrigens. Sie haben noch gar nichts zu trinken«, fiel ihm auf.

Frau Kramer, die sich unseres Unbehagens durch ihre Platzzuweisung sehr wohl bewusst war, bediente uns vermutlich deshalb höchstpersönlich und versuchte durch heitere Geschwätzigkeit für Entspannung zu sorgen. »Sie trinken doch sicher unseren Gutedel, Missis, gell? Haben Sie diesen Wein inzwischen auch daheim im Keller? Ist er nicht wunderbar leicht, spritzig und bekömmlich, gell?« Und zog von dannen, um mit meinem Teller auch ein Viertele jenes Winzererzeugnisses herbeizuschaffen, das sie gegenüber jedem, der nicht aus *der Regio* stammte, lebhaft anpries.

»Wie schmeckt Ihnen diese Kost?«, fragte DVD zwischen zwei Bissen und nahm mir gleich die Antwort ab: »Köstlich, nicht wahr?«

Ich nickte. Dann herrschte eine Weile Schweigen.

DVD war vor mir fertig und bestellte noch einen Gutedel.

»Wissen Sie, was es mit dieser Rebsorte auf sich hat?«

Er versuchte Konversation zu machen, dachte ich. Besser dies, als der Wirtin den Anblick zweier stummer, gesprächsunfähiger, vermutlich verfeindeter Nachbarn zu bieten.

Ich schüttelte den Kopf. »Weiß ich nicht, leider.«

»Diese Rebsorte ist rund 5000 Jahre alt und damit möglicherweise die älteste Kulturrebsorte überhaupt. Sie wurde schon im alten Ägypten angebaut und kam durch Griechen und Römer nach Europa. Es ist, wie Sie schmecken, ein milder, sehr angenehmer Weißwein.« Ich nickte. »In Deutschland wird Gutedel flächendeckend nur im Markgräflerland angebaut, also etwa in diesem rheinnahen Landstrich zwischen Freiburg und Basel, feste Grenzen gibt es dafür nicht. Dass die alten Römer ihn hier eingeschleppt haben, ist nicht belegt, aber – so wie ich die kenne – stark anzunehmen. Offiziell hat Großherzog Karl Friedrich von Baden die Rebe 1780 aus der Schweiz eingeführt.« Er hörte sich an wie ein professioneller Fremdenführer. Der Unterschied war nur, dass er, während er erklärte, dem Gutedel auch eifrig zusprach. »International«, fuhr er fort, »heißt der Wein Chasselas. Eine Variante des hiesigen Gutedels ist der Chasslie, den sollten Sie unbedingt probieren. Er reift mehrere Monate auf Feinhefe in Holzfässern und hat dann natürlich auch diesen feinen Holzton im Geschmack.«

»Woher wissen Sie das alles?« Ich staunte.

»Wo immer ich mich längere Zeit aufhalte, studiere ich die regionalen Bräuche, aber ebenfalls, was man dort so isst und trinkt. Und als passionierter Weinfreund habe ich mich hier sogleich ans Probieren gemacht.«

»Sind Sie schon lange hier?«

»Seit Januar.«

»Beruflich oder auch aus privaten Gründen?«, fragte ich und bat sofort um Entschuldigung. »Ich will Sie nicht ausforschen, Herr Nachbar. Aber warum vergräbt sich ein Mann wie Sie in einem Dorf?«

Er lächelte. Zum ersten Mal sah ich ihn in meiner Nähe ungezwungen lächeln. Ohne Drei-Tage-Bart wirkte sein schmales, längliches Gesicht mit dem markanten Kinn jünger, obwohl das Lächeln unzählige Fältchen neben die grauen

Augen grub, in denen ich in diesem Moment auch Wärme entdeckte.

»Ich lasse mich nicht ausforschen, wie Sie das nennen, Lady«, sagte er. »Ich will es Ihnen gern erzählen. Ich bin für ein Jahr hierhergekommen, um ein neues Buch zu schreiben. Das ist beruflich. Und das Private besteht darin, dass ich mich vom Privatleben erholen will.«

»War es sehr anstrengend?« Jetzt musste auch ich lächeln.

»Zeitweilig.« Er widmete sich eine Minute genießerisch seinem zweiten (oder wievielten?) Glas Wein. »Aber jetzt zu Ihnen. Was hat eine Britin bewogen, sich allein in einem Häuschen am südwestdeutschen Ende der Welt zu verkriechen?« Seine Augen musterten mich, als wollten sie die Antwort vorwegnehmen.

»Mein Mann ist gestorben, die Kinder gehen längst ihre eigenen Wege, und zwar in Deutschland. Das kleine Fachwerkhaus gehörte einer Tante meines Mannes, die Erbengemeinschaft hat es mir angeboten. Und weil ich diese Gegend von einer Reise her als beeindruckend schön in Erinnerung hatte …«

»Man nennt sie *Deutschlands Toskana*«, unterbrach er mich.

»… habe ich das Angebot angenommen. Sie sehen, alles ganz einfach.«

»Wann ist Ihr Mann gestorben?«

»Vor sechs Jahren, vier Monaten und zwei Tagen.«

»Oh.« Er war verblüfft. Dann: »Führen Sie Buch darüber?«

»Nein.« Ich schüttelte den Kopf. »Ich lebe irgendwie damit. Es war die größte Zäsur in meinem Leben.«

Er trank einen Schluck, hielt sein Glas gegen das Licht und bemerkte: »Die Dinger werden immer so schnell leer.«

Die Touristen, beflügelt vom wahrscheinlich ungewohnten Wein, wurden lebhafter, um nicht zu sagen laut. »Es wird Zeit zu gehen«, riet er. »Noch zehn Minuten und wir können unser eigenes Wort nicht mehr verstehen. Womöglich fangen die

Damen und Herren auch noch an zu singen. *O du schöner Westerwald* oder so. Klingt gut im Südschwarzwald.« Er lachte und ich beobachtete, wie sich dieses Lachen von den Lippen über das ganze Gesicht ausbreitete und die Augen erreichte, die sich dabei leicht verengten. Das Lachen war fast geräuschlos, kam von innen in kleinen Schüben. Es gefiel mir.

»Haben Sie Ihren Frosch dabei?«, fragte er.

»Frosch?« Ich verstand nicht.

»Ihr grünes Autolein.«

»Nein. Ich bin durch den Wald hierher spaziert.«

»Gut. Dann wollen wir der Frau Wirtin, nachdem wir bezahlt haben, versteht sich, ein Schauspiel bieten, indem wir gemeinsam diese heiligen Hallen verlassen und uns auf den Rückweg begeben. Kaum aus ihrem Blickfeld, können wir uns wieder trennen und jeder geht seines Wegs. Oder?«

»Von mir aus gehen wir gemeinsam zu unseren jeweiligen Domizilen«, antworte ich.

Wir absolvierten den ersten Teil des Plans. Nach einer Kurve sah DVD zurück. »Sie steht da und schaut uns nach«, reportierte er.

»Das können Sie doch gar nicht sehen, Herr Nachbar.«

»Doch, ich habe Teleskopaugen.« Er lachte wieder. Nach ein paar Schritten fragte er: »Are you going to take a nap?«*

»Sie sprechen Englisch!«

»Genauer gesagt: Standard American. Ich habe nämlich fast sieben Jahre drüben gearbeitet.«

»Als Korrespondent?« Er nickte. »Davon müssen Sie mir bei Gelegenheit mal erzählen.«

Wir hatten mein Haus erreicht.

»Apropos«, fragte ich, »ist die Beleuchtung durch meinen Bewegungsmelder für Sie jetzt erträglicher?«

* Werden Sie jetzt ein Nickerchen machen?

»Doch, ja«, kam die Antwort.

»Die ganze Sache war nicht meine Idee«, sagte ich, »meine Tochter Sara hatte darauf bestanden.«

»Dachte ich mir fast. Stehen Sie also auch unter Kuratel?«

»Kuratel?«

»Ein altes deutsches Wort für Vormundschaft.«

»Es scheint so.« Ich sah ihn an. »Sie etwa auch?«

»Es scheint so«, lächelte er. »Danke für die freundliche Begleitung.«

Ehe ich etwas erwidern konnte, hatte er sich umgedreht und war auf langen Beinen seiner Haustür zu geeilt.

Tom

Ich hätte der Wirtin, der ehrenwerten Frau Kramer, etwas antun können, als sie die Lady an meinen Tisch setzte. Ausgerechnet die Lady. Aber andererseits wäre es kein großer Unterschied gewesen, wenn sie nebenan gesessen hätte: Die Nähe ist es, die zählt, im positiven wie negativen Sinne. Wir haben aber, rückblickend erkenne ich es an, das Beste aus dieser blödsinnigen Situation gemacht.

Interessant, dass die Lady auf Anhieb wusste, seit wann sie Witwe war. Das sprach – anerkennend – für ein exzellentes Zahlengedächtnis oder – bedenklich – für festhalten beziehungsweise sollte ich sagen: festkrallen am heiß geliebten Toten. Was mochte das für ein Mann gewesen sein? Ein Mann, an den sich die hinterbliebene Gattin derart klammerte? Ein Genie? Oder, wahrscheinlicher, ein liebenswürdiger Trottel, der ihr in allem folgte?

Ich glaube nicht, dass sich eine Frau in dieser Weise dereinst an meinen Tod erinnern würde. Sophie vielleicht, wenn sie überlebt hätte. Doch sie war einige Jahre nach unserer Hochzeit tödlich verunglückt. Wieso konnte ich die Zeit, die seither vergangen war, nicht auf Jahr, Monat und Tag genau benennen? Weil ich sie nicht liebte? Oh doch. Das war Liebe, kein Verliebtsein, keine vorübergehende Liaison. LIEBE in Versalien. Liebe – from here to Eternity*, wie wir uns gegenseitig versicherten, auch wenn wir nicht wussten, was die Ewigkeit nun war oder sein würde.

Richtig: Ich ging niemals an ihr Grab. Seit der Beerdigung war ich nicht mehr dort gewesen. Warum? Weil sie da gar

* Bis in alle Ewigkeit.

nicht sein konnte! Ich glaube nicht an die Wiederauferstehung des Fleisches. Was sterblich ist, stirbt. Und das andere, das manche Wissenschaftler Energie nennen und Priester Seele, war hinübergegangen in diese mutierte Form der Existenz durch eine Tür, die uns bis zu unserem eigenen Eintritt verschlossen bleibt.

Wozu also das Grab mit Blumen bepflanzen? Ihr Bild war in mein Herz graviert. Und Blumen würde ich höchstens neben ihr Foto stellen, wenn denn eines da wäre. Ich wollte aber kein Bild von ihr auf den Nachttisch oder die Anrichte stellen oder an die Wand hängen. Wenn ich sie nicht mehr im Herzen hätte, würde mir eine Fotografie nichts nützen; dann nämlich wäre sie wirklich für mich gestorben.

Ob die Lady *snapshots** von ihrem Ehegespons oder gar – entsetzlichst! – ein künstlerisches, also geschöntes Foto von ihm neben ihrem Bett stehen hatte? Es jeden Abend in die Hände nahm, es küsste?

Tom!, mahnte ich mich. Welch abwegige Gedanken. Wieso interessierte mich dies überhaupt? Genau: wegen ihres ungewöhnlichen Zahlengedächtnisses. Wenn ich je wieder mit ihr ins Gespräch käme – was das Schicksal verhüten oder zumindest zur Ausnahme machen mochte –, sollte ich ihr sagen: Eines der wichtigsten Dinge, die ein Mensch lernen muss, ist loszulassen. Den anderen, den Geliebten, freizugeben. Erika Pluhar, die österreichische Schauspielerin und Chansonsängerin, hatte einmal gesagt: *Liebe ist wahrnehmen und freigeben.* Besser konnte man das nicht ausdrücken. Aber wie die meisten wurde auch diese Wahrheit nicht zur Kenntnis genommen. Vor allem nicht von Frauen. Mit dieser Feststellung und einem Kopfnicken setzte ich einen Punkt hinter meine Überlegungen.

Derweil sah ich wenig von der Lady. Ich hatte mir eine Zehn-Liter-Gießkanne zugelegt und mir von ihr zeigen las-

* Schnappschüsse

sen, welche Menge Wasser ich unseren Büschen zuzuteilen hatte. »Sie können sich hier bedienen« – sie zeigte auf eine voluminöse Tonne an der rechten Ecke der mir zugewandten Hausseite –, »das ist besser und billiger als kaltes, hartes Leitungswasser, das die Pflanzen schockt.«

Zwei Tage später hatte ich eine eigene Tonne, wegen der Unabhängigkeit, und damit keine Veranlassung mehr, ihr Grundstück zu betreten und ihr womöglich noch jedes Mal zu begegnen. Ich hütete mich sogar, ihr, wenn ich ihrer ansichtig wurde, ein *Good evening* zuzurufen, weil sie das als Versuch einer Annäherung hätte (fehl-)interpretieren können. Gedanken an sie, die mein Hirn in Form von Fragen nach ihrem Leben und Sein überfielen, verdrängte ich kopfschüttelnd und nachdrücklich.

Gestern Abend tauchte Phil unerwartet auf und ertappte mich mit der Kanne in der Hand. »Hallo, Papa«, rief er mir von Weitem zu und, näher kommend: »Was machst du denn da? Bei dir ist doch nichts zu gießen, höchstens der Rasen, aber dafür hast du doch den Sprinkler, und außerdem hatten wir in den letzten Wochen mehrfach Regen, der Rasen ist auch eher eine Waldwiese, die die Feuchtigkeit speichert.« Er sprach gewohnt schnell und ohne Pause, bis er mich erreicht hatte.

»Tag, Phil«, unterbrach ich ihn. »Was treibt dich heute her?«

»Ich hatte unten in Müllheim einen Termin und dachte, ich schau bei dir mal nach dem Rechten. Also, was tust du mit der Gießkanne?« Er stellte seine Tasche ab und fuhr mit den Fingern durch seinen recht kurz geschnittenen dunklen Haarschopf.

»Gießen«, sagte ich trocken. »Dafür sind diese Gefäße nämlich ganz praktisch.«

»Gießt du etwa bei der Lady da?« Er machte eine Handbewegung zum Fachwerkhäuschen hin.

»Ich gieße unsere Büsche.«

»*Unsere* Büsche? Wie soll ich das verstehen?«

»Du selbst, Herr Anwalt, hast erklärt, dass alles, was auf der Grenzlinie wächst, beiden Nachbarn je zur Hälfte gehört. Oder nicht?«

»Doch, klar. Du hast der Lady erlaubt, dort diese Sträucher hinzusetzen, was ein großes Entgegenkommen ist, denn die ragen mit ihren Zweigen schon jetzt weit zu dir herüber und in Nullkommanix wachsen sie einen Meter und mehr auf deine Wiese, die dadurch Schatten kriegt und vermoost. Gut, du hast es erlaubt. Von Gießen hat aber keiner was gesagt.«

»Wenn man Pflanzen nicht gießt, gehen sie ein, nehme ich an.«

»Soll doch die Lady für ihr Gesträuch sorgen!«

»Mir gehört aber ganz legal die Hälfte davon. Ich habe nämlich meinen Anteil bezahlt.«

»Was hast du? Bezahlt? Bist du von allen guten Geistern verlassen?« Er wurde laut.

»Komm, lass uns drinnen weiter diskutieren«, beeilte ich mich, weil ich fürchtete, die Lady könnte unsere Auseinandersetzung mit – natürlich allzeit bereiten – großen Lauschern hören. »Obwohl es da nichts zu diskutieren gibt«, stellte ich klar, als wir den Salon erreicht hatten.

»Oh doch. Ich will nicht, dass mein Vater für die Nachbarschaft als Wasserträger arbeitet. Schließlich bist du nicht mehr der Jüngste.«

»Danke für die Aufklärung, mein Sohn.«

»Du bist 70!«

»Antwort wie gehabt. Was noch?« Ich fühlte die ersten Ausläufer einer mittleren Wut.

»Ich will damit sagen, dass du dich altersgerecht verhalten solltest.«

»Was soll denn das bedeuten?«

»Auf deine Gesundheit achten, schwere körperliche Arbeit unterlassen, dich auf deine noch vorhandenen Fähigkeiten besinnen, kurz: dich so verhalten, wie es einem Mann in hohem Alter angemessen ist.« Er setzte sich.

»Hast du einen Block und einen Stift dabei?« fragte ich.

»Aber sicher. Wozu?«

»Schreib doch bitte auf, was du da eben über seniorengerechtes Verhalten von dir gegeben hast. Steck den Zettel in einen Umschlag, schreib drauf: ›An meinem 70. Geburtstag von mir eigenhändig zu öffnen‹ und bewahre ihn gut auf. Vielleicht wirst du dich an dem bewussten Tag an unser Gespräch erinnern.«

Philipp schwieg für ihn extrem lange 30 Sekunden. »Bleiben wir sachlich und im Jetzt«, sagte er dann. »Tatsache ist, dass alte Menschen abbauen, körperlich und geistig. Ja, gut, Ausnahmen bestätigen die Regel. Dürfen wir Jüngeren diese Menschen damit alleinlassen? Nein, meine ich, auch wenn das sehr häufig geschieht.«

»Du meinst, die Jungen müssen, wenn ihnen der Helferinstinkt nicht ganz abhandengekommen ist, eine gewisse Bewacherfunktion übernehmen und gegebenenfalls aktiv eingreifen?«

»Ja. Nehmen wir zum Beispiel dich. Ich komme, von einer Ahnung getrieben, zu dir und finde dich, eine schwere Wasserkanne schleppend, auf dem Weg zum Blumengießen. Du musst dazu einen Hang hinab- und wieder heraufsteigen, was äußerst riskant ist. Du könntest nämlich das Gleichgewicht verlieren, stürzen und dir irgendwas brechen.«

»Ist das nicht meine Angelegenheit?«

»Nein. Bitte gewöhne dich daran, dass du bestimmte Dinge nicht mehr tun kannst, ohne dich zu gefährden.«

»Aber ihr fahrt Motorrad«, wollte ich antworten, sagte aber stattdessen: »Bücher und Artikel schreiben kann ich noch, oder?«

»Das ist ganz etwas anderes.«

»Du hast auch von geistigem Abbau gesprochen.«

»Ja, aber das bezog sich nicht unbedingt auf dich.«

»Nicht unbedingt? Danke.«

»Obwohl dein Verhalten gegenüber der Lady da in meinen Augen den Verdacht nahelegt …«

»Jetzt hör mir mal zu, Philipp.« Die mittlere Wut war mittlerweile ausgewachsen. »Du kommst hier unangemeldet an, wie sich zeigt, zu einer Art Vater-TÜV. Ich finde das nicht bloß abwegig, sondern anmaßend und arrogant. Auch Alte haben Rechte, merk dir das. Was du tust, ist in meinen Augen Bevormundung und beleidigt mich. Ich habe nämlich, falls dir das entgangen sein sollte, noch alle fünf Sinne beisammen. Wenn ich allein nicht mehr zurechtzukommen glaube, werde ich mich um Beistand bemühen. Schreiben kann ich ja noch, wie du mir attestiert hast.«

»Bitte reg dich nicht auf, Papa, das treibt den Blutdruck hoch.«

»Da, schon wieder! Schon wieder willst du über mich bestimmen.«

»Das siehst du falsch. Ich will dir helfen.« Er wollte sich eine Zigarette anzünden, bemerkte meinen abweisenden Blick und steckte die Schachtel stumm wieder in die Tasche.

»Ich könnte kontern«, fuhr ich fort, »und sagen: Rauchen schadet deiner Gesundheit. Und zwar mehr als Gießkannenschleppen. Aber du würdest das sofort als Einmischung von dir weisen, mit Abscheu und Empörung. Ist es nicht möglich zu begreifen, dass auch wir Alten auf Einmischung nicht mit Begeisterung reagieren? Ich habe selbst mit siebzig ein Recht auf ein selbstbestimmtes Leben, lieber Sohn.«

»Das sollst du auch haben, um Himmels willen. Papa, ich will dir doch nicht zu nahe treten.«

»Warum hast du dich denn nicht, wie es jeder höfliche Mensch getan hätte, vorher angemeldet, sondern fällst mir einfach ins Haus? Du hättest mich in einer heiklen Situation überraschen können.« Er lächelte, ein wenig mitleidig, dachte ich.

»In deinem …«, begann er und brach abrupt ab. Hatte er dazugelernt?

»Alter«, vollendete ich und lächelte.

»Lass gut sein, Papa«, lenkte er ein. »Es ist sinnlos, über Utopien zu debattieren.«

»Wieso Utopien?« Ich geriet wieder in Fahrt. »Von welchem Lebensjahr an ist nach deinen Gesetzen eine Beziehung, die über freundschaftliche Teestunden hinausgeht, unmöglich? Oder unsittlich?«

Phil wand sich. »Es sind nicht meine Gesetze«, wehrte er ab. »Und ich will mir nicht anmaßen, da eine Grenze zu ziehen. Außerdem kann ich mir mit meinen 41 darüber kein Urteil erlauben.«

»Bravo! Bravissimo!« Mein Lob kam aus tiefster Überzeugung. »Du bist auf dem richtigen Weg!« Phil machte Anstalten aufzustehen.

»Bleib bitte noch eine Minute sitzen«, sagte ich. »Was geschähe denn, wenn ich wirklich nicht mehr für mich sorgen könnte? Würdest du mich aufnehmen und auf mich aufpassen?«

»Dafür hab ich weder Platz noch Zeit.«

»Also dann was?«

»Ich würde dich in einer Seniorenresidenz unterbringen. In einer guten Einrichtung, mach dir keine Sorgen.«

»Die du dir dann auch nicht mehr zu machen brauchst, oder? Alle vier Wochen würdest du kommen, um Vater zu besichtigen, innerlich ächzend wegen der verlorenen Zeit.«

Er hob die Schultern langsam sehr hoch und ließ sie ebenso langsam sinken. »Was soll ich tun?«, fragte er und ließ Ratlosigkeit mit einem Quäntchen Resignation erkennen.

»Den Mittelweg finden«, entgegnete ich nach einer Pause. »Uns Alte diese schwierige Endphase selbst gestalten lassen, solange wir das wollen.«

»Gebietet nicht die Kindespflicht, für euch einzustehen?«

»Die Kindespflicht gebietet gar nichts. Es ist das Herz, das den Weg zeigen sollte auf diesem schmalen Grat zwischen Freigeben und tätiger Hilfe, Phil. Ich spreche jetzt nicht von Schwerkranken oder Alzheimer-Patienten. Das ist eine andere Sache, da sind auch die Ärzte gefragt. Nein, ich meine Menschen wie mich.«

Er hob und senkte erneut die Schultern. »Alles sehr kompliziert«, urteilte er dann. »Wie bist du eigentlich mit deinen Eltern umgegangen?«

Ich überlegte. »Wohl auch nicht mit dem nötigen Verständnis und Feingefühl«, räumte ich ein. »Alter ist vom Jung- oder auch nur Jüngersein Lichtjahre entfernt. Immerhin bin ich niemals ohne Voranmeldung bei ihnen eingefallen. Was heute fehlt, ist Respekt. Oder war das immer so zwischen den Generationen?«

»Ich lasse es doch nicht an Respekt dir gegenüber fehlen«, wandte Phil ein. »Wahrscheinlich bist du einfach zu empfindlich. Im Alter wird man dünnhäutig, habe ich den Eindruck. Warum auch nicht, wenn der Tag X näher rückt. Es kann sein, dass man in der letzten Lebensphase zu viel Muße hat, um Gedanken und Gefühle hin- und herzuwälzen, und dann automatisch zum Ankläger der Jüngeren wird.«

Das klang unerwartet bitter. »Wie meinst du das?«, fragte ich.

»Ihr habt einfach zu viel Zeit, Papa. Wir, die wir mitten im Existenzkampf stehen, können uns viel weniger mit unseren Befindlichkeiten befassen und auseinandersetzen als ein Rentner.«

»Ha!«, fiel ich ein. »Da sagst du das böse Stichwort.«

Er schaute überrascht zu mir herüber.

»Dass der Mensch, wenn er nach einem langen Berufsleben in die letzte Einbahnstraße einbiegt, auf den *Rentner* reduziert wird, ungeachtet all dessen, was er getan hat oder tut, finde ich beleidigend und ungerecht. Da steht in der Zeitung:

›Rentner fällt aus Straßenbahn‹ oder etwas Ähnliches. Wozu *Rentner*? Es ist ein Mann, ein Mensch. Oder: ›Rentnerin baut Glatteis-Unfall‹. Es geht um eine Autofahrerin, nicht darum, ob sie Rente oder sonst was bezieht. Kannst du mir sagen, was das soll? Genau genommen weiß niemand, bevor er nicht auf einer Behörde nachgefragt hat, ob es wirklich um Rentner geht oder vielleicht um einen Pensionär oder einen, der in einem Institut als Abendlehrer arbeitet. Rentner steht für alt, und was alt ist, bestimmt eine Pressestelle oder der Redakteur, der diese Meldung herausgibt. Kannst du mir sagen, was das soll?«

»Mann, Papa, nimm das doch nicht persönlich. Das besagt doch gar nichts. Du bist überempfindlich.«

»Bin ich nicht. Ich will nur Gerechtigkeit.«

»Die gibt es nicht auf dieser Welt.«

»Das sagst du als Anwalt? Halleluja!«

»Ja, das sage ich. Man kann lediglich versuchen, die Ungerechtigkeit zu mildern.«

»Ganz ungewohnte Töne von dir.«

»Du kennst mich weniger, als du glaubst. Eltern meinen immer, in Kindern wie in einem aufgeschlagenen Großdruckbuch lesen zu können. Sie können es nicht, glaub es mir.«

»Aber ein wenig Ahnung von ihrem Nachwuchs haben sie schon.«

»Papa, wir kommen da auf die Schnelle zu keiner einvernehmlichen Lösung. Ich muss auch dringend weg. Wir können die Diskussion irgendwann fortsetzen.«

»Ja, das sollten wir, und zwar bald«, sagte ich.

»So bald geht's auch nicht, weil ich kein frei lebender Rent...« Er stockte.

»Sag's schon: Rentner bist. Womit wir wieder am Anfang wären. Nichts für ungut, Phil. Lass uns, wann immer du magst und kannst, darüber reden. Was uns allen fehlt, ist der echte und dauerhafte. Dialog und die Bereitschaft, einander zu verstehen.«

Phil stand auf. Irgendwie tat er mir leid. »Möchtest du einen Kaffee oder ein Glas Wein, bevor du gehst?«

»Eigentlich nicht. Oder doch. Gib mir einen Mini-Wein zum Anstoßen. Dann wird es mir besser gehen.« Er trank einen kleinen Schluck und sah aus dem Fenster. »Es war übrigens ein Fehler, Papa«, sagte er in wieder ruhigem Ton, »nicht darauf zu bestehen, dass der Nussbaum nebenan gefällt wird. Er wächst nämlich.«

»Das pflegen Bäume so an sich zu haben.«

Er sah mich mit einem Ausdruck von Mitleid an. »Papa, im Herbst fällt das Laub ab«, erklärte er dann mit der angestrengten Stimme eines Lehrers, der einen besonders verstockten Schüler vor sich hat.

»Das tut das Laub im Allgemeinen«, entgegnete ich mit nicht unbeträchtlichem Vergnügen an dem sich anbahnenden Streitgespräch.

»Ja, sicher«, räumte Phil eilig ein. »Nur: Bei Westwind – und den haben wir hier doch meistens – fliegen die Blätter sämtlich zu dir herüber!«

»Und bei Ostwind, den es auch gibt, wieder zurück!«

»Weißt du, dass Walnussbaumblätter nicht verrotten? Die musst du wegschaffen.«

»Ja, mein Sohn. Ich und die Lady da müssen das wegschaffen.«

»Die Lady da«, er schüttelte den Kopf über meine Kurzsichtigkeit, »wird so, wie ich sie kenne, das Laub herzen und küssen, aber nicht wegräumen. Sieh dir doch an, was sie in ihrem Garten anrichtet. Gesät und gepflanzt wird da ohne Plan. Und nächstes Jahr fliegen die Pollen oder Samen oder wie die Dinger heißen zu dir herüber und verderben den schönen Rasen. Die Lady muss man erst zum nachbarschaftlichen Zusammenleben erziehen. Merkst du das nicht?« Phil griff zur Flasche und holte sich, was er für einen winzigen Schluck hielt.

»Unter diesem Gesichtspunkt habe ich unsere Beziehung überhaupt noch nicht gesehen«, sagte ich freundlich.

Meine Ruhe und mein offensichtliches Vergnügen an diesem Gespräch begannen ihn zu ärgern. »Auf euch Alte aufzupassen ist schlimmer, als eine Herde von 500 Schafen zusammenzuhalten«, entfuhr es ihm.

»Warum versucht ihr es dann?«, fragte ich und lächelte.

»Da magst du recht haben«, seufzte Phil und erhob sich.

Ich sah seinen Wagen den Asphaltstreifen hinunterrollen. Dann nahm ich die Gießkanne, um die angefangene Arbeit zu vollenden. Es war dunkel geworden, der Hang mit den Büschen nur noch schattenhaft zu sehen. Ich könnte ausrutschen, überlegte ich, jedenfalls wäre es nicht ungefährlich hinunterzutappen, um den Büschen ihren Abendtrunk zu geben. Was sagte Phil? Ich sei nicht mehr der Jüngste.

Alsdann, Alter, redete ich mir mit einem Blick auf die erleuchteten Fenster im Fachwerkhäuschen zu, lass das jetzt. Morgen ist auch noch ein Tag. Ich würde mich in aller Herrgottsfrühe daranmachen.

Damit stellte ich die Kanne ab und ging hinein, zielstrebig dorthin, wo die angefangene Flasche Rotwein stand. Den, fand ich, hatte ich heute mehr als sonst verdient.

Fiona

Es hatte stark geregnet in der Nacht. Am Morgen reckten und streckten sich die Pflanzen und Bäume und präsentierten ihr nass glänzendes Blätterkleid den ersten Sonnenstrahlen, die, gerade dem Dunst entstiegen, von den Bergen hinab nach ihnen tasteten. Noch war es kühl in dieser frühen Stunde. Aber es würde ein heißer Junitag werden.

Ich liebte *the wee small hours of the morning**, sei es in der Großstadt, die zur Geschäftigkeit erwachte, oder in unserem Dorf zwischen Hügeln und Reben, wo die Stille um diese Zeit durch das vielstimmige Singen und Zwitschern der Vögel gebrochen wurde. Oder, präziser: Die Vogelstimmen waren Bestandteil dieser wunderbaren Morgenstille. Nein, ich empfand das nicht als Widerspruch.

Ich trat auf den Balkon, den die Sonne in wenigen Minuten erreichen würde, und blickte hinunter auf mein Werk, wie ich es nannte, blickte auf die jungen Büsche, Rosenstöcke und Blumen, die ich eingesät hatte und die allmählich Gestalt gewannen: Gelbe Schlafmützchen, weiße Margeriten, orangeroter Mohn, kurzstielige Astern. Im Herbst würde ich Tulpen-, Narzissen-, Schneeglöckchen- und Perlhyazinthenzwiebeln in die Beete und rings um Büsche und Bäume stecken. Es würde ein farbenprächtiges Frühjahr werden.

Die Regentonne war bis zum Rand gefüllt. DVD, der sich – wie mir nicht entgangen war – eine eigene Tonne an seine Regenrinne hatte anschließen lassen, würde in den nächsten Tagen oder Wochen nicht mehr herüberkommen. Mich hatte es jedes Mal erheitert, wenn er zwischen den Kirschlorbeer-

* die ganz frühen Morgenstunden

büschen und dem oberen unglückseligen Nussbaum hinüberstieg auf meine Seite – es war die einzige Furt –, die Kanne füllte und rasch auf seine Seite zurückkehrte. Beim Wässern der Pflanzen warf er, wenn er sich unbeobachtet wähnte, einen Blick auf meine Terrasse, wo neben dem Liege- und einem Arbeitsstuhl meine Malutensilien standen.

Dass er wegen des Gießens in einen heftigen Streit mit seinem gestrengen Sohn geriet, war mir unangenehm. Ich verstand nicht jedes Wort, aber genug, um peinlich berührt zu sein, und war dankbar, als sie sich zur Fortsetzung ihres Duells ins Innere des Hauses zurückgezogen hatten.

Nachdem die Frühjahrsarbeit im Garten, das Säen und Anpflanzen, beendet war, hatte ich angefangen, die Gegend zu erkunden. Ich hielt mich zuerst an die Wanderkarte, entdeckte aber rasch, dass es abseits der markierten Wege andere gab, die entweder neu oder einer Erwähnung durch die Karte nicht für würdig befunden worden waren. Diese reizten mich am meisten. Es waren, bemerkte ich, fast immer die schönsten – auch deshalb, weil sich kaum jemand dort blicken ließ.

Auf den *Panoramaweg* – der Name ist meine Erfindung – gelangte ich über einen steilen Trampelpfad, der gewiss nicht für Spaziergänger gedacht war und mich aus diesem Grund neugierig machte. Er musste ja irgendwo hinführen, sagte ich mir. Brombeerranken wollten mir den Zutritt verweigern, ein abgebrochener Ast lag quer, aber ich ließ mich nicht abschrecken. Die Belohnung folgte auf dem Fuße: Ich stieß auf einen schmalen, aber recht ebenen Weg, der sich um Berghänge wand und immer wieder freie Sicht auf das Unten bot – die Ausläufer der Berge und, wenn es heiß war, die im leichten Dunst glitzernde Rheinebene.

Ich war erst drei Mal hier oben gewesen, hatte Eichhörnchen und Schmetterlinge beobachtet und war niemandem begegnet. Es würde, dachte ich hoffnungsvoll, *mein Weg* werden.

Ich hatte mich geirrt.

Was meinen Blick urplötzlich nach links oben lenkte, weiß ich nicht. Es geschah jedenfalls. Auf einem Baumstamm, den man offenbar nur über einen Kletterpfad zu einem Felsvorsprung erreichte, saß er. DVD. Bloß schnell weitergehen, war mein erster Impuls. Aber er hatte mich ebenfalls gesehen. Ein paar Schrecksekunden lang blieb ich stehen und wollte, ihm zunickend, gerade meinen Gang fortsetzen, als er »Guten Tag« rief und »Schön hier, nicht?«

»Ja, sehr«, sagte ich und dachte: Nichts wie weg. Leider schien DVD einen kommunikativen Tag zu haben.

»Wenn Sie mögen, kommen Sie doch einen Augenblick herauf, hier ist, wie Sie sehen, noch reichlich Platz. Die Sicht ist einmalig.«

Nun hätte ich »Danke, aber ich muss weiter« erwidern und den Worten Taten folgen lassen können. Stattdessen mühte ich mich, mehr kriechend als wandernd, den felsigen Pfad hinauf und setzte mich auf den Baumstamm, den Waldarbeiter wohl vergessen hatten. Ein halber Meter trennte uns.

DVD hatte nicht zu viel versprochen. Von dieser Höhe aus lag mir, so schien es, die ganze Region zu Füßen: eine atemraubende Weite, seitlich eingerahmt von den Hängen der Berge.

»Kennen Sie all die winzigen Dörfer da unten?«, fragte ich, ohne den Blick von der grandiosen Landschaft abzuwenden.

»Nicht alle, aber viele. Die Winzergemeinden habe ich selbstredend sämtlichst abgegrast.« Er lachte. »Ganz hinten, da wo die Erdkrümmung beginnt, können Sie die Vogesen mehr erraten als sehen.«

»Sie sind total verdunstet«, sagte ich.

»Nicht verdunstet.« Er lachte erneut auf. »Sie liegen im Dunst, Lady.«

»Danke für die Korrektur.«

»Gern geschehen. Sie sprechen im Übrigen ganz hervorragend Deutsch. Gratulation! Das ist selten bei Briten.«

»Ich hatte eine vorzügliche Lehrerin, dazu meinen Mann, der mir half, und meine beiden Kinder, die eine deutsch-englische Schule besuchten und später in Deutschland studierten.«

Er hob seinen Wanderstock auf, den er neben sich auf den Felsen gelegt hatte. Er machte Anstalten zu gehen, frohlockte ich heimlich. Dann hätte ich diese paradiesische Ecke für mich und brauchte nicht Konversation zu machen.

»So ein Stock ist ganz nützlich in dieser Gegend«, bemerkte er.

»Nehmen Sie ihn jedes Mal mit, wenn Sie hier herumspazieren?«, erkundigte ich mich, um etwas Freundliches zu sagen, nachdem er mich hatte teilhaben lassen am Blick von seinem Hochsitz aus.

»Nur, wenn ich enge und steile Trampelpfade wie diesen vor mir habe. Den hinunterzuklettern ist nämlich nicht ungefährlich. Man kann ausrutschen oder fehltreten und den Halt verlieren. Klettern ist nicht ohne Risiko im Alter.« Er unterzog meine Aufmachung einer raschen Inspektion. »Sie haben zwar keinen Stock – den ich Ihnen sehr empfehlen möchte –, aber wenigstens solide Schuhe an«, resümierte er. »Das ist vernünftig.«

»Meine Füße lassen mich merken, dass ich nicht mehr jung bin. Stilettos sind ihnen ein Gräuel, überhaupt inzwischen jeder Absatz, der mehr als drei Zentimeter misst«, gab ich zu.

»Haben Sie etwa früher diese blödsinnig hohen Dinger getragen?«

Ich sah ihn an und nickte beschämt. »Heute tut's mir buchstäblich weh, so dumm gewesen zu sein. Die Rache meiner Gehwerkzeuge ist fürchterlich.«

»In der Jugend tut man manches, was man im Alter gern ungeschehen machen würde«, sagte er ruhig und schaute in die Ferne. »Mit dem Alter kommt manch nützliche Erkenntnis, aber sie kommt eben zu spät.«

»Ich würde das nicht so negativ sehen«, antwortete ich nach einer Pause. »Die letzte Phase des Lebens sollte zwar dazu dienen, eine Bilanz zu ziehen, aber die kann naturgemäß nicht durchweg begeisternd sein. Im Nachhinein kann man nichts mehr ändern, das ist wahr. Das ganz persönliche Buch ist dann schon geschrieben, nur das Wort *Ende* fehlt noch.«

Er wandte sich mir zu. »Ich glaube, da irren Sie. Es gibt noch viel hineinzuschreiben bis zum Wort *Ende*.«

»Mag sein, aber unter dem Titel *Alter*. Das darf man nicht vergessen. Wann eigentlich, frage ich Sie, beginnt das sogenannte Alter? Mit wie vielen Jahren erreicht man dieses Stadium? In einer Zeit, da Jugendlichkeit zu einem Muss geworden ist?«

»Sagen wir: zu einer Zwangsneurose geworden ist, denn das trifft es genau. Was nicht jung ist, wird auf jung getrimmt. Sehen Sie sich doch mal um in den Städten, da vor allem; auf dem Land wird das Altern noch überwiegend als natürlicher Prozess empfunden, der jeden erreicht, ob er will oder nicht. Aber sehen Sie sich in der Stadt um. Schauen Sie genau hin. Sie werden feststellen, dass sich kaum noch eine Frau traut, mit ergrautem Schopf in die Öffentlichkeit zu gehen. Sie, Lady, sind eine der wenigen lobenswerten Ausnahmen. Von der Kleidung, möglichst noch mit tiefen Einblicken auf welke Busen, will ich gar nicht reden. Da geht man hinter einer modernst gewandeten jugendlichen Gestalt her, bis sie sich umdreht und einem ein altes Gesicht unter feuerroter oder pechschwarzer Mähne präsentiert.« Er schüttelte erst den Kopf und dann sich. »Was ist denn so schlimm daran, alt zu werden?«

»Es ist, denke ich, der allgemeine körperliche Abbau«, überlegte ich laut, »gegen den kein Kraut gewachsen ist, obwohl das viele Menschen glauben oder glauben möchten …«

»Und was die Pharmawerbung sie glauben machen will.«

»Richtig. Warum kann der vermeintliche Homo sapiens nicht lernen, mit seinen Falten zu leben?«, fragte ich. »Warum haben Schönheitschirurgen Hochkonjunktur? Selbst Männer lassen ihre Haut heutzutage straffen.«

»Bis der Nabel als Grübchen am Kinn auftaucht.« Er lachte schallend und anhaltend. »Ich käme nicht auf die Idee, mich aus solch lächerlichen Gründen unters Messer zu legen.« Wieder ernst fuhr er fort: »Die Ursache für die zunehmende Unfähigkeit, mit dem Altern umzugehen oder, besser ausgedrückt, in Würde zu altern, liegt meines Erachtens darin, dass zwar der Körper nach und nach verfällt, das Gefühl sich jedoch dem Verfall weitgehend entzieht. Gefühle altern nicht. Sie bleiben stark auch jenseits der Altersbemessungsgrenze. Das führt logischerweise zu Konflikten.«

Ich nahm einen Tannenzweig vom Boden auf und ließ meine Nase prüfen, ob er noch den typischen Duft erkennen ließ, den ich liebte. Er tat es nicht, war vermutlich schon vor längerer Zeit abgerissen worden.

»Ein deutscher Ex-Minister, erinnere ich mich, hat mal vom – Zitat – Schrottplatz Alter gesprochen«, begann ich wieder. »Wer möchte, offen gesagt, als Schrott gelten?«

»Altern und Alter«, sagte er, »erfordern ebenso viel Disziplin wie Jungsein. Man muss den Zwiespalt zwischen dem schwächelnden Körper und wachen Sinnen aushalten. Das bringt nicht jeder zuwege.«

»Darf ich unverschämt sein und fragen, wie alt Sie sind?« Er lächelte, und ich sah Wärme in den grauen Augen.

»Sie dürfen.«

»Also?«

»Ich bin 70 Jahre, acht Monate und, warten Sie mal, ja, dreieinhalb Tage.« Sein Blick war triumphierend.

»Alle Achtung«, lobte ich, »Kopfrechnen: eins!«

»Und Sie?«

»70 Jahre und neun Monate und, warten Sie mal, 23 Tage, mit halben Tagen gebe ich mich nicht ab.«

»Gut gemacht! Würden Sie mir denn auch eventuell verraten« – das Lächeln war jetzt verschwunden – »wie Sie das Älterwerden empfinden? Ich meine, im Alltag. Wenn Sie nicht mögen, lassen Sie es, ich nehme es Ihnen nicht übel.«

»Doch, ich möchte.«

Ich merkte, dass es mir guttat, über dieses Thema offensiv nachzudenken und meine Gedanken einem ebenfalls Betroffenen mitzuteilen. Dass es ausgerechnet DVD war, spielte in diesem Moment keine Rolle. »Ich merke an ganz einfachen Dingen«, sagte ich, »dass die mittleren Jahre längst vorüber sind. Im Garten etwa. Ich stehe am Hang und zupfe Unkraut…«

»Es gibt kein Un-Kraut.«

»In Ordnung, also ich zupfe Kraut und kann mich auf einmal nicht mehr aufrichten. Der Rücken macht mir zu schaffen, ich muss buchstäblich zu Kreuze kriechen, nämlich ins Haus und mich dort mühsam aufrichten. Ich kann nicht mehr so viel schleppen wie noch vor drei Jahren, beim Gardinenaufhängen brauche ich Hilfe. Und so weiter. Die Falten im Gesicht werden zu Furchen, das Haar ist grau geworden.«

»Silbrig, bitte, und es steht Ihnen ausgezeichnet.«

»Danke. Insgesamt verlangsamt sich mein Tun. Ich sehe schlechter, mein Kurzzeitgedächtnis lässt mich häufiger im Stich, aber wozu gibt es Notizzettel? Das alles ist nicht sehr angenehm, sicher, aber für mich kein Grund zur Verzweiflung. Ich kann das akzeptieren. Was mich zunehmend stört, ist die Fürsorge der Kinder, die glauben, mit 70 stehe man kurz vor dem Exitus und brauche Aufsicht.«

»Was nicht der Fall ist«, lächelte er. »Danke für diese persönliche Bestandsaufnahme. Mir geht es mehr oder weniger genauso. Aber ich sage mir: Im Alter muss man Ballast abwerfen, wenn man sich auf dieser Stufe des Lebens noch kräftig weiterentwickeln will. Und genau das versuche ich. Stillstand wäre der von Ihnen erwähnte Exitus, das absolute Ende.«

»Ich glaube, wir sollten uns darüber klar werden, dass jeder Lebensabschnitt seine eigenen Gesetze und Probleme hat. Die Jugend – ich meine die *echten* Jugendjahre, nicht die imitierten – und das Alter als die letzte Stufe des Daseins sind die schwierigsten. In der Jugend steht man vor dem Lernen-Müssen und dem Drang zum Entdecken. Im Alter hat man seine Erfahrungen gemacht, es besteht in einem Abschied auf Raten.«

»Ja«, nickte er. »Abschied vom Berufsalltag und Kollegen, Abschied von jahrzehntelangen Gewohnheiten, Selbstverständlichkeiten und Ansprüchen, von Gesundheit und Sicherheit, Abschied womöglich vom Gefährten, von der Gefährtin. Mit dem ersten Ruhestandsgeld wird man zum Rentner, dann hat man offiziell abgewirtschaftet. Wenn man Pech hat, wird man auch noch öffentlich als Schmarotzer an der Jugend diffamiert. Ich weiß nicht, wie es bei Ihnen in England ist. Aber hier wird der Tag kommen, an dem das Boulevardblatt mit den großen Lettern für kleine Hirne knallrot motzt: ›Rentner, wollt ihr ewig leben?‹«

»Sie sind sarkastisch und bitter«, sagte ich leise.

»Vielleicht rührt das auch daher«, meinte er und verzog sein Gesicht, »dass ich hier nicht mehr länger sitzen kann. Mein verlängerter Rücken duldet es nicht. Der Sitzplatz ist zu hart. Wie geht es Ihnen?«

»Offen gestanden, ebenso. Ich muss mich dringend wieder bewegen. Gehen wir also.«

Eine Weile wanderten wir beide schweigend hintereinander bergab, bis wir den breiten Waldweg erreichten und die Wassertretstelle in Sicht kam.

»Na, tauchen wir ein?« Er machte zwei Schritte in Richtung des Beckens.

»Ach nein«, wehrte ich ab, »lieber nicht, es ist schon fast Abend.«

»Gut. Ist mir auch recht. Da komme ich eher an meinen ersten abendlichen Gutedel. Darf ich Sie dazu einladen? Um unser Gespräch, das noch irgendwie in der Luft hängt, abzuschließen für heute?«

Ich überlegte. Unser Dialog verdiente tatsächlich einen vorläufigen Schlusspunkt. »Ja, danke«, sagte ich, »die Einladung nehme ich gern an.«

»Gehen wir in den Bären«, schlug er vor, »im Pfauen käme die ehrenwerte Frau Wirtin auf seltsame Gedanken, wenn wir da einträchtig hineinmarschierten.«

Ich sah ihn schräg an. »Allerdings«, stimmte ich zu. »Gehen wir in den Bären, da war ich außerdem noch nie.«

Eine sehr junge, sehr drahtige Kellnerin mit streichholzkurzem Haar strahlte DVD an und gönnte mir wenigstens noch einen Abglanz. »Guten Abend zusammen«, wünschte sie.

»Zwei Viertele trocknen Gutedel«, strahlte DVD zurück.

»Wie immer«, stellte die junge Frau zufrieden fest und verschwand hinter einer riesigen Eichenholztheke.

»Wovor ich wirklich Angst habe«, nahm ich den Gesprächsfaden wieder auf, »ist die Gefahr, dement zu werden, also jahrelang als geistiger Leichnam dahinzudämmern. Warum gibt es kein Mittel dagegen in unserer pharmazeutisch so hochgerüsteten Welt?«

»Warum gibt es kein Mittel, das Leben sang- und klanglos zu beenden, wenn dieser Zustand erreicht ist?«, konterte er. »Rechtzeitig sterben – das wünsche ich mir.«

»Recht *zeitig* sterben, lautet doch eher das allgemeine Gebot«, warf ich ein.

»Jetzt sind *Sie* sarkastisch und bitter.«

»Es entspräche der von Ihnen entworfenen Schlagzeile.«

»Trinken wir einen Schluck«, schlug er vor. »Ich möchte jedenfalls niemandem zur Last fallen, sollte ich in jenen Dämmerzustand verfallen.« Er drehte sein Glas hin und her. »Von

Hermann Hesse stammt dieser Ausspruch – ich hoffe, ich kriege ihn zusammen: *Man stirbt ja so verflucht langsam: Jeder Zahn, Muskel und Knochen nimmt extra Abschied.*«

»Wenn das bei vollem Bewusstsein vor sich geht, soll's mir recht sein«, sagte ich.

Er blinzelte. »Faulen Zahn ziehen? Hüftgelenk operieren?«

»Sie verstehen mich schon. Ehe wir uns jetzt aber auf die gründliche Erörterung aller gemeinen Möglichkeiten des Verfalls begeben, was Stunden in Anspruch nehmen dürfte, möchte ich doch vorschlagen, den Gutedelkonsum bei fröhlicheren Gedanken zu beenden und den Heimweg anzutreten. Wir können unser Gespräch irgendwann fortsetzen. Was meinen Sie?«

»Voll d'accord, Madame. Es wird auch schon dunkel und um die Zeit müssen Greise wie wir in der Sicherheit unserer eigenen vier Wände sein.«

»Recht so«, stimmte ich zu. »Kein Aufsehen erregen. Und schön vorsichtig auf dem Weg Fuß vor Fuß setzen – oder so ähnlich, auf dass wir nicht stolpern und am übernächsten Tag in der Zeitung lesen: ›Rentner überschlägt sich‹. Mit Ausrufezeichen.«

»Oder wenn Sie infolge Weingenusses die Tanne dahinten erklimmen und nicht mehr allein hinunterkommen: ›Baum hat Rentnerin in der Krone‹. Ausrufezeichen.«

»Das soll nicht passieren. Ehrenwort mit Ausrufezeichen«, erklärte ich feierlich.

DVD nickte, ebenfalls feierlich, als wir ohne Zwischenfall unsere Quartiere erreicht hatten.

»Herrje, ich muss noch gießen«, rief ich.

»Unfug«, kam die Antwort, »in der Nacht hat es geregnet, und Rentner gehören um diese Zeit ohnehin ins Bett und nicht in die Büsche.«

»Wer sagt das?«, wagte ich Widerspruch.

»Ich!«

»Dann, Herr Nachbar, muss ich mich wohl fügen.«

»In der Tat. Sehr empfehlenswert, Lady. Good night everybody!*«

Everybody schloss lachend die Haustür auf.

* Allen eine gute Nacht!

Tom

Die Lady irritierte mich. Sie schob sich zwischen meine Gedanken, die ich mit einiger Mühe zurück auf die Arbeit gelenkt hatte. Für ein Kapitel, das ich früher nach intensiver Vorbereitung in wenigen Stunden getippt hätte, brauchte ich nun Tage, immer wieder unterbrochen von Überlegungen, die um ebendiese, mir Rätsel aufgebende Lady kreisten.

Ich sah sie manchmal tagelang nicht. Dann und wann begegneten wir uns an unserer grünen Grenzbefestigung, aber mehr als ein »Guten Tag« oder »Schön heute, wie?« wechselten wir nicht.

Unser langes Gespräch beschäftigte mich mehr, als ich zugeben wollte. Weniger des Themas wegen, obwohl es auch mir wichtig war. Vielmehr bewegte mich, stärker als bisher, die Frage: Wer, wie und was war diese Frau eigentlich, die ich noch vor ihrem Einbruch in meine Einsiedelei als Widersacherin und Störenfriedin eingeordnet hatte?

Sie war klug, ohne Zweifel. Sie war auch nicht unsympathisch. Ich mochte ihr Gesicht, das Haar hinter die Ohren geklemmt, wenn sie irgendetwas tat; die braunen Augen, aufblitzend, wenn ihr Temperament erwachte. Denn das hatte sie offenkundig. Und eine scharfe Zunge, wenn es hitzig wurde, auch.

Ihre Liebe zu Pflanzen, zu Tieren, zur gesamten Natur, als deren Teil sie sich empfand, erinnerte mich stark an Sophie, obwohl ich selbstverständlich keine Parallelen zwischen meiner großen Liebe und der Lady nebenan ziehen wollte und konnte. Sophie, die so sehr meine Frau war. Und es heute noch wäre, wenn jener junge Motorradfahrer nicht die Kurve verfehlt und frontal in ihren Wagen gerast wäre. Sie wurde nur 28. Seither kann ich keine Motorräder sehen, ohne an die Tragödie denken zu müssen, die das Ende einer wunderbaren Ehe bedeutete, eines immens erfüllenden, intensiven ineinander Aufgehens. Mit einem Wort: Liebe. Ich hatte Vergleichbares nie mehr erlebt.

Warum fiel mir das abrupt wieder ein? Ich hatte in all den Jahren, Jahrzehnten, die folgten, beharrlich und erfolgreich versucht, die Tür zur Erinnerung geschlossen zu halten, wenn mir nicht gerade ein Motorrad vor die Augen kam. Jetzt öffnete die eigenwillige Frau von nebenan diese Tür für einen Augenblick.

Beim Gießen am Abend würde ich einen längeren Blick nach drüben werfen, nachdem sie mehrere Tage nicht zu sehen und zu hören war. Die Katzen spazierten herum, die kleine Schwarze hinkte noch ein wenig. Zu mir verirrten sie sich eher selten. Erstens folgte ich der Anweisung, sie weder zu füttern noch zu streicheln, und zweitens waren die Mäuse auf oder in meiner Wiese wohl weniger schmackhaft als anderswo. Oder fraßen die Katzen des 21. Jahrhunderts gar keine Mäuse? Verzehrten sie Leckerbissen aus der Aufreißdose und mit einem Petersilienzweiglein dekoriert, während sie vor dem Fernseher hockten oder sich auf dem Schoß der Lady fläzten?

Tom!, tadelte ich mich zum ich-weiß-nicht-wievielten Mal. Mach dich an deine Arbeit, der Abgabetermin rückt näher und du hast erst zehn Prozent deines Manuskripts zu Papier gebracht – im Entwurf, nicht etwa in der Endfassung.

Ich saß den ganzen Nachmittag am Schreibtisch, schob Papiere hin und her, spielte mit Stiften, las noch einmal ein Kapitel in Sheldrakes Buch über das *Gedächtnis der Natur* und blieb, wie nicht anders zu erwarten, beim eigenen Gedächtnis hängen, das leider vor allem Dinge archivierte, die ich gern vergessen hätte. So geht das nicht!, sagte ich mir schließlich.

Kopfschüttelnd machte ich mich auf, um die Kanne an meiner neuen – eigenen! – Regentonne zu füllen, den Pflanzen ihren abendlichen Trunk zu geben und den erwähnten Blick nach nebenan zu werfen. Ich wunderte mich schon nicht mehr darüber, dass ich letztere Absicht als Erstes in die Tat umsetzte. Da saß die Lady auf ihrem Liegestuhl und befasste sich emsig damit, den rechten Fuß, der auf einem Hocker ruhte, mit einem nassen Tuch zu umwickeln, was sie einige Mühe kostete, weil sie dazu in eine Schüssel langen musste, die auf dem Boden stand. Das war, wie ich sogar von fern erkannte, höchst unpraktisch.

Ich ließ die Kanne stehen, die auf der Schräge des Hangs natürlich das Gleichgewicht verlor, das Wasser an Ort und Stelle verschüttete und dann bergab rollte, und wand mich durch die grüne Grenze. In sicherer Entfernung machte ich Halt. »Kann ich helfen?«, rief ich hinüber. »Guten Abend.«

Sie zuckte sichtbar zusammen, drehte sich mühsam zu mir um und sagte recht unfröhlich: »Ich hab mir den Fuß verrenkt oder so was. Kommen Sie ruhig näher.«

Sie bot mir den Sitz neben diversen Malutensilien an. Ihr Arbeitsplatz also. Sie ließ sich in den Liegestuhl zurücksinken.

»Was haben Sie angestellt?«, fragte ich und schaute auf den von einem kleinen Frottiertuch umhüllten Fuß.

»Ganz einfach. Ich habe auf der untersten Stufe der Gartentreppe dahinten eine Pirouette versucht, und die ist bloß halb gelungen. Sie sehen das Ergebnis.«

»Ist was gebrochen?«

»Weiß nicht. Ich glaub nicht. Eine Zerrung wohl. Vielleicht ist die Achillessehne ein bisschen angerissen. Das wächst sich schon wieder hin.«

»Haben Sie Schmerzen?«

»Ja. Und das Dumme am Schmerz ist, dass er weh tut«, bemerkte sie trocken. Sie versuchte ein Grinsen und sah dabei aus wie ein Clown.

»Haben Sie einen Arzt angerufen?«

»Ich kenne hier noch keinen, auch aus dem einfachen Grund, weil ich höchst selten krank bin.«

»Aber dies hier ist ein Unfall, Lady!« Ich entdeckte, dass sie ihr Handgelenk notdürftig bandagiert hatte. »Und was ist das da?« Ich deutete auf den Verband.

Sie lächelte etwas verlegen, wobei sie die Nase zusammenzog, was irgendwie possierlich wirkte. »Also, das war so«, begann sie. »Ich wollte mit der großen Gartenschere einen Ast abschneiden. Ich stieg auf die unterste Treppenstufe, vergaß das aber nach dem Schneiden, drehte mich halb um mich selbst und lag unten, ehe ich bis eins zählen konnte. Die Schere fiel auf einen leeren Blumentopf, der prompt zerbrach, und mein Handgelenk landete auf einer Scherbe. Wie im Film, sag ich Ihnen. Es hat ziemlich geblutet, aber Sie sehen, das hat aufgehört und ich lebe noch.«

»Hören Sie mal, Lady«, sagte ich mit Nachdruck in der Stimme, »Sie könnten eine Blutvergiftung kriegen, und der Fuß müsste geröntgt werden. Sehen Sie das nicht ein?«

»Nein.«

»Das ist sehr dumm. Hätte ich Ihnen gar nicht zugetraut. Sie sind doch sonst eine kluge Frau. Jetzt passen Sie mal auf. Können Sie bis zur Straße humpeln?« Sie nickte. »Tun Sie das. Ich hole mein Auto und fahre Sie zur Klinik in Müllheim, die liegt am nächsten. Da wird nachgeschaut und geröntgt. Einverstanden?«

»Nein!«

Mein Gott, war diese Frau stur!, dachte ich gerade. Da nahm sie das Tuch vom Fuß, setzte das Bein auf den Boden und erhob sich. Stehen konnte sie, notierte ich und sah sie loshumpeln, als ich über die Grenze zu meiner Garage lief.

Sie hatte viel Glück gehabt: Der Fuß war nicht gebrochen, und gegen eine mögliche Blutvergiftung erhielt sie eine Injektion. Eine peinliche Viertelminute gab es, als ich am Empfang gefragt wurde: »Sind Sie der Ehemann?«, und, während die Lady gefühllos grinste, ein schroffes: »Nein, der Nachbar« über den Tresen warf.

Sie erlaubte, dass ich sie in ihr Haus begleitete. Ihre Einladung zu einem Glas Wein nahm ich ohne langes Überlegen an.

»Zu beißen habe ich nie viel«, bemerkte sie, »aber in der Küche liegt Brot und im Kühlschrank sind Butter und Käse, falls Sie etwas essen möchten.«

Kurz darauf saßen wir auf ihrem Balkon in der Abendsonne, die ihr weiches Licht über das Rheintal und auf die Hänge legte, deren Grün golden aufschimmerte.

»Wir leben in einer paradiesischen Gegend«, sagte ich in das Schweigen hinein, während ich mein Glas hob. »Und Sie haben es in diesem Häuschen besonders schön.«

»Danke. Und danke auch noch einmal für Ihre tätige Anteilnahme an meiner leicht missglückten Balletteinlage. Ich wusste, es war nichts gebrochen.«

»Aber jetzt haben wir Gewissheit. Zum Wohl und zur guten Besserung!« Wir tranken einander zu. Ich verlor mich ein paar Sekunden lang in ihren Augen.

»Tut es noch arg weh?«

»Nein, es ist schon viel besser«, erwiderte sie. »Ich muss den Fuß halt hoch legen und hin und wieder mit dem Zeug einreiben, das man mir in der Klinik gegeben hat. Eine Tetanusspritze hat man mir auch noch verpasst. Und mit dem Wandern wird es vorerst nichts mehr werden. Schade.«

»*Geduld ist der Schlüssel zur Freude*, sagen die Araber.«

Ich schnitt Brot und Käse. Sie wollte es mir abnehmen, aber das wies ich kühl zurück. »Alte Damen, die Pirouetten tanzen, müssen von banalen Dingen wie Brot schneiden befreit werden«, verkündete ich – und meinte es.

Wir sahen zu, wie die Sonne allmählich ihr Licht von den Hängen zog und sich anschickte, hinter einer leichten Dunstdecke jenseits der Vogesen zur Ruhe zu gehen. Es lag ihr nicht, ohne Aufsehen einfach zu verschwinden. Sie holte ihre Farbpalette – heute war es die kleinere – und wählte sorgsam erst ein kräftiges Rot, mit dem sie dem Dunst Leben einhauchte, dann ein Rosé, das sie über plötzlich aus den Kulissen segelnde, winzige Wölkchen pinselte, und zog dann kurz entschlossen einen Strich Orange darüber.

Zu sehen waren jetzt nur noch die Farben, die langsam verblassten. Über der Silhouette der Berge wuchs das Rosé in ein zartes Grau hinein, ließ kurz ein mattes Blau aufleuchten und folgte dann der Sonne hinter den Horizont. Der orangefarbene Strich lag kurze Zeit verlassen am Himmel. Dann beherrschten die Gipfellinien, dunkel und kräftig akzentuiert, als Sieger den endenden Tag, bis die Dunkelheit auch sie verschluckte.

Wir hatten beide gebannt zugeschaut.

Ein leises Geräusch brach die Spannung. Mit einem Maunzen kam die ältere der beiden Katzen, ein Tiger mit dunklen Flecken, durch das Haus auf den Balkon und machte auf sich und ihren Abendhunger aufmerksam.

»Ach, Binimaus«, rief die Lady, »wo warst du denn bloß? Warte, ich gebe dir zu essen.« Zur mir gewandt: »Sie war den ganzen Tag unterwegs und ist jetzt durch die Katzentür ins Haus gesprungen.«

Sie versuchte aufzustehen. Ich sprang auf. »Das mache ich, bleiben Sie sitzen!«, entschied ich. »Was muss ich tun?«

Sie erklärte es mir. Die Sache lief darauf hinaus, dass ich eine Dose aufzureißen und den Inhalt in einem Schälchen zu zerkleinern hatte. Und, nicht zu vergessen, den Wassernapf neu zu füllen.

»Wieso nennen Sie die Katze Bini*maus*? Nimmt sie das *Maus* nicht übel?«

»Jede Katze«, kam die verblüffende Antwort, »hat etwas Mäusisches.«

»Wie das?« Ich traute meinen Ohren nicht. »Ich habe noch keine Frau gesehen, die beim Anblick einer Maus nicht mit Geschrei auf Tisch oder Stuhl gesprungen wäre. Und jetzt kommen Sie und sagen, Katzen hätten etwas Mäusisches.«

»Haben sie auch. Ein Mäusegesicht ist nämlich, genau besehen, sehr niedlich.«

»Daran denken Sie mal, wenn Ihre Katze die nächste von der niedlichen Sorte anschleppt. Wie reagieren Sie in solch einer Situation?«

»Panikartig. Nichts wie weg.« Sie machte wieder ihr Clownsgesicht.

Logik, dachte ich. Logik! Typisch Frau. Laut sagte ich: »Wo ist denn die andere? Ich meine, *der* andere?«

»Peterle liegt wahrscheinlich im Schlafzimmer, das er seit seiner Verletzung zum Hauptquartier erkoren hat und mit allen Pfoten verteidigt.«

»Geht es ihm gut?«

»Er hinkt noch, sonst fehlt ihm nichts weiter. Und er hat jetzt einen Riesenrespekt vor allem, was sich nach Motor anhört.«

Der Abend war sommerlich warm, von den Bergen im Osten kam eine kühle Brise wie häufig um diese Abendzeit. In die Stille hinein schlug die Glocke im Kirchtürmlein neun Mal.

»Ich muss gehen und Sie müssen Ihren Fuß pflegen«, sagte ich.

»Einen Abschiedsschluck?«, schlug sie vor.

»Yes, let's have a gurgle!«*

»A gurgle!« Es dauerte eine Weile, bis sie sich von ihrem Lachanfall erholt hatte.

»Ist das kein Hoch-Englisch?«, fragte ich scheinheilig.

* Umgangssprachlich: Ja, gluckern wir einen!

»Höchstes Englisch«, stellte sie fest und hob ihr Glas. »Also: Let's have a gurgle, Sir!«

Danach hätte ich eigentlich gehen sollen. Aber irgendetwas hielt mich.

»Ich habe unten auf der Terrasse Pinsel und Farbtöpfe gesehen. Sind Sie Malerin?« Ich betrachtete ihre schmalen Hände.

»Nein, das wäre maßlos übertrieben. Ich male ein wenig, bemale Porzellan, eher ein Hobby das Ganze, obwohl ich mal Kunst studiert und Malunterricht hatte.«

»Nicht abgeschlossen?«

»Nein. Da kam Joss.«

»Ihr Mann?«

»Ja. Und dann setzte ich andere Prioritäten.«

»Sie haben weiter in London gelebt?«

»Zum größten Teil. Wir waren aber auch in Delhi und Tokio. Mein Mann war Presseattaché an der deutschen Botschaft, und er war es gern. Besonders in meiner Heimatstadt. Wir lernten viele höchst interessante – und höchst langweilige Menschen kennen.«

»Wahrscheinlich hatten Sie eine Unmenge gesellschaftlicher Verpflichtungen.«

»Keine Unmenge, aber viele. Ich war gern Gastgeberin. Dazu kamen die Kinder, sodass keine Zeit mehr für Beruf oder gar Hobbys blieb. Hier, in der Einsamkeit, hole ich das eine oder andere nach. Und denke an die Londoner Jahre mit Joss zurück.«

»Joss – ein nicht alltäglicher Name.«

»Die Abkürzung von *Johannes*, der ihm nicht behagte und mit dem meine lieben Landsleute stets ein Problem hatten. *Joss* konnten sie mühelos aussprechen, auch wenn das dann wie *Dschoss* klang. Immerhin …« Sie zeigte versonnen ihr verrutschtes Lächeln und machte eine Handbewegung zur Weinflasche hin. »Bedienen Sie sich bitte. Und geben Sie mir auch noch ein gurgle.«

»Danke. Der Wein ist wirklich gut.«

»An das Leben als Frau eines Presseattachés musste ich mich erst gewöhnen«, nahm sie den Faden wieder auf. »Zeitungen wurden auch für mich wichtig, genauso wie die Gespräche mit den Journalisten, die uns besuchten.«

»Sicher mussten Sie auch so etwas wie Diplomatie lernen.«

»Besonders im Umgang mit jenen älteren Herren, die noch insgeheim den Sieg über Hitler-Deutschland feierten und mit britischer Arroganz auf die *neuen Deutschen* herabsahen. Das war nicht immer einfach und forderte uns einiges ab.«

»Bestimmt auch eine gewisse Schwerhörigkeit, nehme ich an. Aber allem Anschein nach waren Sie sehr erfolgreich, denn sonst hätte man Sie sicher nicht so viele Jahre dort arbeiten lassen.«

»Was man als Frau eines Diplomaten braucht, ist überdies Geistesgegenwart. Ich will Ihnen eine lustige Geschichte erzählen. Noch ganz am Anfang hatten wir eines Abends die Chefredakteure führender Londoner Zeitungen privat bei uns. Ich hatte damals außer einer Zugehfrau noch keine Hilfen und wollte die Gäste mit etwas überraschen, das sie sicher nicht kannten und mir keine Mühe machen würde. Nichts ist schlimmer als eine Gastgeberin, die gestresst und mit hochrotem Kopf die Mahlzeit serviert. Das tötet jede Stimmung.« Sie nahm einen großen Schluck, ehe sie fortfuhr. »Als Hauptgang hatte ich mir Fleischfondue ausgesucht, das ich bei einem Urlaub in der Schweiz zubereiten gelernt hatte. Das kostet wenig Vorbereitung, die Gäste machen sich ihr Essen praktisch selbst. Vorher ein Süppchen, danach Käse, Eiscreme, Kaffee und Port, und sie sind's zufrieden. Dachte ich mir. Ich reichte noch strahlend mit Joss den Sherry als Aperitif und ging dann in die Küche, um die letzten Handgriffe zu tätigen. Das Fleisch hatte ich schon vorher geschnitten und unter einer Folie bereitgestellt. Leider hatte ich nicht mit dem Spürsinn und Appetit unserer Katze gerechnet. Wann sie in die Küche geschlüpft war, weiß ich nicht. Jedenfalls hockte sie, als ich hineinkam, neben der Schale mit dem Fleisch. Sie hatte die Folie zerfetzt und sich bereits reichlich bedient. Mich traf fast der Schlag.« Bei der Erinnerung daran musste sie so heftig lachen, dass ihre Ohren das Haar freigaben und der ganze Körper vibrierte. Ich konnte nicht anders: Ich fiel in das Lachen ein.

Es dauerte eine Weile, bis wir uns – auch mit Hilfe des Weins – soweit beruhigt hatten, dass sie ihren Bericht fortsetzen konnte. »Mich traf fast der Schlag«, wiederholte sie. »Die Gäste warteten auf das Essen, das es«, sie gluckste, »nicht mehr gab. Ich schlich mich also zu Joss und flehte ihn flüsternd an, die Gäste noch eine Viertelstunde bei Laune zu halten. ›Ich sag dir später, weshalb.‹ Und verzog mich in die Küche. Die Katze war, wie konnte es anders sein, verschwunden. Was tun? Zum Glück hatte ich eine Käseplatte vor dem Eis eingeplant. Die würde entfallen. Ein anständiges badisches Kirschwasser gehörte eh zur Grundausstattung meiner Küche. Also servierte ich nach einem Beruhigungsschluck (für mich) das Süppchen und danach, völlig entspannt, ein Käsefondue. Der Abend wurde noch sehr lustig.«

»Und die unglückselige verfressene Katze?«

»Die hat ihren Frevel bereuen müssen.«

»Sie haben sie doch nicht verprügelt?«

»Nein, um Himmels willen. Aber ihr Magen hat sie gestraft, indem er sich umdrehte und ihr die meisten der rohen Brocken vor die Füße warf.«

»Und Ihnen auf den besten Teppich?«

»Den zweitbesten. Das war dann *meine* Strafe für Fahrlässigkeit am Küchentisch.«

»Wahrscheinlich haben Sie eine Menge kurioser Geschichten erlebt in jenen Jahren.«

Sie nickte. »Manchmal, wenn ich mich daran erinnere, muss ich ganz allein für mich lachen. Das wiegt die anderen Erinnerungen nicht auf, aber macht sie erträglicher.« Ihr

Blick wanderte über die im fortschreitenden Dunkel des Abends nur noch schemenhaft hervortretenden Berge hinweg und blieb irgendwo in der Ebene hängen, in deren Tiefe, jenseits des Rheins, die unzähligen Lichter der elsässischen und schweizerischen Industriegiganten aufflammten wie eine überdimensionale Festbeleuchtung.

Wenn ich jetzt nicht endlich gehe, werde ich noch lange bleiben, warnte ich mich. Zu lange. Und stand auf. »Wenn Sie nichts mehr möchten, räume ich ab und stelle Ihnen die Sachen in die Küche. Den Wein lasse ich an Ihrer Seite. Ist das recht?«

»Sie sind eine wunderbare Hilfe, Herr Nachbar«, sagte sie mit Wärme in der Stimme. »Aber ich möchte mich nach drinnen verziehen. Würden Sie bitte die Lampe im Zimmer einschalten?«

»Wird gemacht, Lady.«

»Und, bitte, könnten Sie aufhören, mich dauernd Lady zu nennen?«

»Das lässt sich unter Umständen arrangieren. Wie möchten Sie denn genannt werden?«

»Frau Nachbarin oder Frau Conradt, das wäre mir lieber. Lady klingt aus Ihrem Mund irgendwie feindlich.«

Aha. Sie hatte das herausgefühlt. Verständlich, dass sie eine freundlichere oder doch weniger voreingenommene Anrede verlangte. Freunde waren wir nicht und würden es nie sein. Aber, das schien mir realistisch, zivilisierte Nachbarn. Gemessen an unseren bisherigen Querelen war das eine ganze Menge.

»Also dann, Frau Nachbarin, gute Besserung. Und sorgen Sie sich nicht um das Blumengießen. Ich übernehme das für uns beide, bis Sie wieder richtig laufen können.«

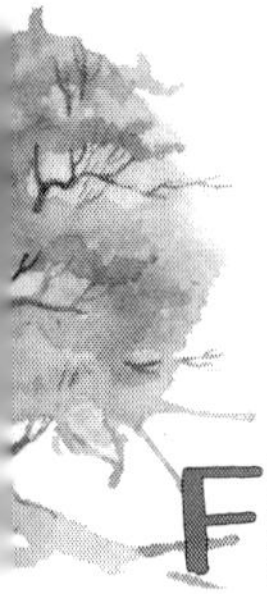

Fiona

Es war mir nicht entgangen, dass DVD häufiger mit der Gießkanne erschien, als es nötig gewesen wäre. Sogar nach Regenfällen machte er sich an den Pflanzen zu schaffen – meine Rosen bezog er ebenso mit ein wie die bunten Blumentuffs auf den Beeten – und nutzte die Gelegenheit, mir zuzuwinken oder, wenn ich nicht rechtzeitig verschwand, einen Besuch abzustatten.

»Auf Ihrer Terrasse ist es viel reizvoller als bei mir«, erklärte er einmal und wies auf die vielen Blumentöpfe hin, die in fast allen Größen und Formen herumstanden, mit oder ohne Blütenpracht, manche auch noch auf Bepflanzung wartend.

»Das kommt daher«, sagte ich, »weil bei Ihnen nichts herumsteht. Alles ist ordentlich, wo Unkraut, ich meine Kraut, hervorzulugen wagt, entfernen Sie es rigoros. Aus der einstigen Wiese haben Sie, vermutlich mit viel Geld und Gärtnereinsatz, einen grünen Rasen gemacht, der in meinen Augen schlicht steril und damit reizlos ist. Schauen Sie sich mal bei mir da unten um, jenseits der Beete.«

Er spähte den Hang hinab. »Schön bunt und nicht geschoren«, befand er. »Und bald wird es bei mir ähnlich sein, weil sich Ihre Feld-, Wald- und Wiesenblumen in meine Richtung versamen.«

Ich schluckte. Würde er wieder mit Vorwürfen und Drohungen kommen? Einen hohen Zaun vorschlagen wie damals, als wir ziemlich heftig aneinandergeraten waren?

Nein. Er saß ganz entspannt auf meinem Arbeitsstuhl, betrachtete die Farbendosen, die Pinselsammlung, das Tischchen mit Keramikbechern im Rohzustand und den großen Bottich für Abfälle. »Sie arbeiten also wieder«, sagte er.

»Notgedrungen, solange ich nicht wieder richtig laufen kann.«

»Nicht laufen können in dieser Umgebung«, er nickte hinüber zu den Bergen mit den unzähligen Wanderwegen, »muss eine harte Strafe sein. Zumal in dieser Jahreszeit.«

Es war Frühherbst geworden. Der Tag hatte schon zwei Stunden an die Nacht abgegeben, der Mond seine Bahn ein wenig verlegt. Er spielte, wenn er über den Horizont gestiegen war, Versteck mit den unterschiedlich hohen Bergkuppen, zwischen denen er auf- und abtauchte. Schon als Kind liebte ich den Herbst, weil er die Farben des Sommers aussortierte und verstärkte, weil der Morgen hellweiß und frisch war und der Abend gern mit rötlichen Goldtönen daherkam, die die Landschaft romantisch verklärten. Ja, verklärten. Dies, fand ich, war das treffende Wort. Aber ich liebte den Herbst auch, weil ihn Abschied umwehte. Ich konnte stundenlang zusehen, wie der Wind mit den gelben, roten und braunen Blättern spielte, und mich später am raschelnden Laub ergötzen.

Die Blätter fallen, fallen wie von weit,
als welkten in den Himmeln ferne Gärten;
sie fallen mit verneinender Gebärde.

Dieses Rilke-Gedicht, das mir meine Deutschlehrerin vor inzwischen fast einem halben Jahrhundert abgeschrieben und geschenkt hatte, begleitete mich fast ständig in dieser Jahreszeit. Und hier, in meinem neuen und wohl allerletzten Heim, konnte ich es Zeile für Zeile nacherleben.

»Woran denken Sie? Es muss etwas sehr Schönes sein.«

Ich schreckte aus meinen Gedanken auf. DVD schaute mich an. Mitfühlend? Spöttisch? Interessiert? Er hatte seine DVD-Strenge abgelegt, schien mir, war gelöster als sonst und mir zugewandt. »Sie brauchen mir nicht zu antworten«, sagte er.

»Ich dachte an den Herbst, seine Farben und den Abschied, den er bedeutet«, antwortete ich. »Schade, dass ich ihn lediglich von fern beobachten darf dank meines Pirouettenfußes und nicht in den Wald laufen kann, um zuzuhören, wie die Blätter fallen.«

»*Fallen wie von weit*…« Er sagte es sehr leise und bedächtig.

»Sie kennen das Gedicht?«, fragte ich, ebenso leise.

»Ja.«

Ich wartete darauf, dass er weitersprechen würde in dieser ungewohnt stillen, ernsten Weise. Aber es kam nichts mehr.

In unser Schweigen hinein schlug die Kirchenuhr sieben. Danach setzte die Glocke ein.

»Was bedeutet eigentlich dieses Sieben-Uhr-Läuten?«, fragte ich ihn.

»Es bedeutet das Ende des Tagwerks, früher der Waldarbeiter, und dann auch Zeit für das Abendgebet. Ich nehme das sehr ernst.«

»Was: Das Gebet?«

»Nein. Das Ende des Tagwerks, und ich besiegle es normalerweise mit einem Glas Gutedel.« Er lächelte schief wie ein ertappter Schuljunge.

»Oh Himmel, dass ich darauf nicht gekommen bin«, sagte ich mit gespieltem Entsetzen, »das holen wir sofort nach«, und wollte aufstehen.

»Moment, das übernehme ich, Sie bleiben sitzen«, ordnete er an. »Ich fühle mich durch Ihre Worte eingeladen. Da ich mich etwas auskenne in Ihrer Zitadelle, hole ich den Wein. Wo sind Gläser?«

»Im Eckschrank nebenan. Danke.«

Ich zog den Schal, der über der Rücklehne meines Liegestuhls lag, fest um die Schultern. Es wurde kühler.

In einer Hand die Flasche, in der anderen zwei Gläser, stakste DVD durch die Tür zurück auf die Terrasse. »Let's have a gurgle, Madam!«

Es blieb nicht bei dem einen.

»Zeit hineinzugehen«, stellte ich nach dem letzten Schluck fest. Er verstand den Hinweis, brachte Wein und Gläser ins Haus und verabschiedete sich. Er war schon fast über die Grenze verschwunden, als ich ihn zurückkehren sah.

»Ich habe einen Vorschlag, Frau Nachbarin. Es dauert mich, dass Sie mit Ihrem Ballerinenbein nicht im Wald herumspazieren können. Ich würde Sie gern einladen, morgen früh mit mir hinaufzufahren auf den Blauen, auch Hochblauen genannt. Das ist der Berg da oben mit der Laterne.« Er deutete auf das rote Licht des Fernsehumsetzers. »Da sitzen wir, sehen den Morgen an und hören die Vögel und die Blätter. Von dort haben wir einen unbeschreiblich schönen Ausblick. Wenn wir den genossen haben, frühstücken wir im Berghotel und fahren auf einem Umweg heim. Wie hört sich das in Ihren Ohren an?«

»Sehr, sehr verlockend, Herr Nachbar. Die Einladung ist dankend angenommen. Wann soll ich am Straßenrand stehen und den Finger heben?«

»So um halb neun. Ihren *early morning tea** können Sie vorher natürlich trinken, aber nicht frühstücken, ja? Und etwas Warmes überziehen. Morgens ist es da oben recht kühl. Gute Nacht!«

Er hatte nicht zu viel versprochen.

Nach einem kleinen Rundgang hatten wir uns auf eine Bank gesetzt; das Gras auf dem Hang gleich unterhalb des Berghotels war noch nass vom Tau und dampfte, angewärmt von den Strahlen der Sonne, die bereits seit einiger Zeit unterwegs war. Die Aussicht war in der Tat großartig, ja überwältigend. Der Gipfel des Blauen schenkte dem Betrachter die volle Sicht auf niedrigere Berge, auf Täler mit winzigen Dörfchen, auf die majestätische Rheinebene mit einer Viel-

* erster Morgentee

zahl hingestreuter Siedlungen, dazwischen Rebhänge und schachbrettartige Felder, die in Grün-, Braun- und Ockertönen leuchteten. Aus dem Morgendunst erhoben sich in der Ferne die dunklen Linien der Vogesen, ganz links konnte man die Schweizer Alpen ahnen.

»Hier möchte ich einmal nachts den Vollmond aufgehen sehen«, entfuhr es mir.

»Können wir machen«, kam die knappe Antwort.

Wir verloren uns, jeder für sich, in diesem faszinierenden Bild.

DVD breitete seine Arme über der Rückenlehne aus und schloss damit die Bank und mich in seine Gedanken ein. Dann hörte ich seine Stimme, ruhig wie am Vorabend:

»*Und meine Seele spannte*
Weit ihre Flügel aus,
Flog durch die stillen Lande,
Als flöge sie nach Haus.«

»Eichendorff«, flüsterte ich. Aber der Bann war gebrochen.

»Woher wissen Sie das?« Er wandte mir sein Gesicht zu, lächelnd.

»Ich weiß noch mehr. Nämlich dass dieses Gedicht *Mondnacht* heißt.«

Er schüttelte ungläubig den Kopf. »Woher wissen Sie das alles?«, wiederholte er.

Ich trennte mich endgültig von der Betrachtung der Spielzeugdörflein in den Tälern und der Ebene unter uns. »Die Antwort ist einfach: Ich hatte, wie ich, glaube ich, schon einmal erwähnt habe, eine fantastische Deutschlehrerin. Sie sagte: Am schnellsten lernt man eine Sprache durch das Auswendiglernen. Ihr Landsmann Heinrich Schliemann, der Troja-Ausgräber …«

»-Räuber«, warf DVD ein.

»…-Ausgräber, der ungewöhnlich viele Fremdsprachen beherrschte, brachte sie sich bei, indem er Texte stur auswendig lernte. Er nahm dazu aber Prosa, soviel ich weiß. Mir lagen Gedichte mehr. Und so habe ich einiges von deutscher Lyrik mitbekommen.«

»Unglaublich. Sie überraschen mich immer aufs Neue.«

Seine Augen, fiel mir auf, wirkten leicht verschleiert, dennoch ungewohnt warm.

»Sie müssen ein unerschöpfliches Gedächtnis haben«, fuhr er fort. »Ihr Sprachunterricht dürfte wohl schon eine Weile zurückliegen und dennoch …« Er schwieg.

»Vieles von der deutschen Lyrik verbinde ich mit Joss. Wahrscheinlich ist es deshalb in meinem Kopf oder, genauer, in meinem Herzen verankert.« Als er weiter schwieg, nicht ohne Teilnahme – das spürte ich –, wagte ich mich vor: »Wie ist das bei Ihnen? Männer sind im Allgemeinen keine Lyrik-Enthusiasten. Sie augenscheinlich doch.«

Er hielt die Bank und mich immer noch umschlossen. »In der Schule hat man mir die Lyrik quasi ausgetrieben. Es war gräulich: Wir waren eine reine Knabenklasse und alles Zarte wurde in Grund und Boden gelacht. Dabei wollte ich eigentlich ein großer Dichter werden.«

»Schule kann auf dem Gebiet eine Menge anrichten.«

»Ja. Erst viel, viel später habe ich zu den deutschen Romantikern zurückgefunden, deren sprachlichen Reichtum ich bewunderte. Und dann kam ich auf Rilke.«

Ich schaute ihn fragend an.

»Eine Tante hatte mir Rilkes Brief an einen jungen Dichter in der Zeit geschenkt, als ich glaubte, mich in diese Richtung zu entwickeln. Aber mit ihm verbindet mich weit mehr. Wahrhaftig entdeckt habe ich ihn, als meine erste Frau durch einen schrecklichen Unfall gestorben war. Sie war die Liebe meines Lebens und es schien, als hätte sie einen großen Teil von mir mit sich genommen in jene andere Welt. Ich fand Trost bei Rilke. Kennen Sie sein Gedicht *Der Tod der Geliebten*?«

»Nein.«

»Es ist das Einzige, das ich von Anfang bis Ende kann.«
Wieder sah ich ihn nur an. Er nickte und begann:

Er wußte nur vom Tod, was alle wissen:
dass er uns nimmt und in das Stumme stößt.
Als aber sie, nicht von ihm fortgerissen,
nein, leis aus seinen Augen ausgelöst,

hinüberglitt zu unbekannten Schatten,
und als er fühlte, dass sie drüben nun
wie einen Mond ihr Mädchenlächeln hatten
und ihre Weise wohlzutun:

da wurden ihm die Toten so bekannt,
als wäre er durch sie mit einem jeden
ganz nah verwandt; er ließ die andern reden

und glaubte nicht und nannte jenes Land
das gutgelegene, das immersüße –
Und tastete es ab für ihre Füße.

Ich weiß nicht, wie lange wir auf der Bank saßen, ohne dass ein Wort fiel. Und dennoch schienen wir miteinander auf eine geheimnisvolle Weise zu kommunizieren.

Er war es, der den Zauber dieser Stunde beendete. Er zog die Arme von der Lehne. »Gehen wir frühstücken? Die Bank wird mir allmählich zu hart. Mein Steiß, Sie wissen ja …«

Wir stiegen die Treppe zum Berghotel hinauf.

»Ich habe richtig Hunger«, bekannte ich beim Anblick der liebevoll gestalteten Speisenkarte.

Er lachte. »Dann schlagen Sie mal zu!«

Eine Weile widmete sich jeder von uns der Mahlzeit – und überließ sich den seelischen Schwingungen nach der Stunde auf der Bank.

»Wie lange ist es her, seit Ihre Frau Sie…«, ich stockte, als er aufschaute, »… verlassen musste?«

»Es ist lange her – wie heißen Sie eigentlich?«

»Fiona.«

»Es ist lange her, Fiona. Etwa 40 Jahre. Wir waren beide noch jung. Was uns verband, war eine Liebe, wie ich sie nie wieder gefunden habe, obwohl ich später noch eine Ehe eingegangen bin.« Nach einer halben Minute fügte er hinzu: »Mann – mit Doppel-n – glaubt immer, man liebt, wenn man heiratet.«

»Ist diese Verbindung zerbrochen?«, fragte ich vorsichtig.

»Geschieden, ja. Die Frau, die ich in den USA kennengelernt und geheiratet hatte, lief nach einem halben Jahr nach Reno. ›Unüberwindbare Gegensätze‹, ließ sie mich wissen. Vermutlich stimmte das sogar. Ich habe mich davon jedenfalls recht schnell erholt.«

Jetzt kehrte wieder Leben in ihn zurück. Er griff nach einem Brötchen, teilte es energisch und belegte jede Hälfte sorgfältig mit Käsescheiben.

»Liebe und Verliebtsein«, erklärte er zwischen zwei Bissen, »sind Gegensätze per se. Leider wird das eine mit dem anderen häufig verwechselt.«

Ich dachte an Joss, an unsere langen gemeinsamen Jahre, die uns noch enger hatten zusammenwachsen lassen. Joss, dachte ich, war mein Mann, mein Geliebter, mein bester Freund. Er war mein Vater, mein Bruder, mein Sohn. Er war mein Lehrer und mein Schüler. Als er starb, ließ er mich zurück. Ich durfte ihm nicht folgen.

»Wie würden Sie Liebe definieren?«, fragte er und antwortete selbst: »Liebe ist sich selbst preisgeben, ohne etwas zu fordern. Liebe ist geben wollen. Sich öffnen, ohne der Gefahren zu achten, die darin liegen. Und, Liebe ist«, er zögerte, »to turn yourself inside out*. Möchten Sie das übersetzen, Fiona?«

* durch und durch aufgewühlt werden

»Nein.« Ich schüttelte den Kopf. »Aber ich wüsste gern, wie ich Sie anreden soll, denn wenn Sie mich, ohne um Erlaubnis gebeten zu haben, Fiona nennen, kann ich schlecht Herr Nachbar zu Ihnen sagen. Das käme mir abwegig vor.«

»Ich heiße Thomas. Meine Freunde nennen mich Tom. Das dürfen Sie auch tun.«

»Selbst wenn wir keine Freunde sind«, ergänzte ich, vorsichtshalber.

In gewisser Weise fühlte ich mich durch den letzten Satz erleichtert. Tom würde die Grenze einhalten, die nun einmal zwischen uns bestand. Davon war ich überzeugt. Über Liebe wollte ich mit ihm nicht mehr sprechen, eben wegen dieser Grenze, und schon gar nicht detailliert. Obwohl ich noch hätte hinzusetzen können, dass Liebe keine Altersgrenze kennt. Doch das wäre eine fatale Einladung zur Annäherung gewesen. Und nichts lag mir ferner als das. Allein dass er, also Tom, sich auf meine Terrasse einlud, bereitete mir Unbehagen, auch wenn die Gespräche mit ihm mich anregten und ohne Zweifel eine Bereicherung waren.

»Schon wieder grübeln Sie«, stellte er freundlich fest. »Wollen wir aufbrechen und in den Tag hineinfahren?«

»Müssen Sie nicht an Ihrem Manuskript weiterschreiben?«

»Doch, müsste ich. Aber ich kann mir auch leisten, mit Ihnen einen kleinen Umweg durch das Markgräflerland zu machen, falls es Ihnen recht ist, Fiona.«

»So ist's richtig, Tom«, erwiderte ich anerkennend. »Immer schön fragen.«

Er lachte. Und bemühte sich, wie ein Reiseleiter zu sprechen, als er mir Orte und Landschaften erklärte, durch die wir fuhren: vom Blauen-Gipfel hinab durch unzählige Kurven mit atemraubenden Ausblicken nach Kandern, ein durch seine Töpferkunst bekanntes Städtchen, und von dort aus weiter auf der Badischen Weinstraße Richtung Müllheim – rechts die Ausläufer des südlichen Schwarzwaldes mit den akkuraten Reihen der Reben, links der Rhein und dazwischen ein Winzerort an den anderen gereiht.

Tom wusste zu jedem Dörfchen etwas zu sagen, besonders aber zu den alten Gasthöfen, die Namen wie *Rebstock*, *Ochsen*, *Hirschen*, *Löwen* oder *Krone* trugen und denen er, während er auf sie wies, zugleich seine ganz persönlichen Sterne verlieh.

Ich staunte. »Sie kennen hier offenbar jede Ecke. So lange leben Sie doch noch gar nicht hier.«

»Lange genug, um mich gründlich umzusehen. Das tue ich immer, wenn ich irgendwo hingezogen bin.«

»Dann haben Sie auch in den USA, in den Bundesstaaten, in denen Sie waren, die nähere Umgebung abgeklappert?«

»Abgeklappert?« Er lachte amüsiert. »Woher haben Sie diesen wunderbaren Ausdruck?«

»Von Sara und Mick, meinen Kindern. ›Wenn du eine Sprache wirklich beherrschen willst, Mum, musst du auch Slang kennen‹, pflegten sie zu sagen, wenn ich es wagte, ihre Wortwahl zu kritisieren.«

»Kinder sind Lehrer«, seufzte er.

»Wie viele haben Sie denn?«

»Nur einen Sohn. Philipp, den Sie schon erlebt haben.«

»Allerdings.«

»Das klingt nicht gerade begeistert.« Er warf mir einen raschen Blick zu. »War auch keine angenehme Situation«, räumte er ein. »Tut mir leid, im Nachhinein. Wir hatten uns da in etwas hineingesteigert. Können Sie mir das verzeihen?«

»Kann ich«, sagte ich großzügig, »zumal ich auf diese Weise erfahren habe, dass Hunde nur zwischen 8 und 13 sowie zwischen 15 und 19 Uhr bellen dürfen, höchstens aber 30 Minuten am Tag und nie mehr als zehn Minuten am Stück. Richtig?«

»Ihr Gedächtnis, ich muss es wiederholen, ist sagenhaft, Fiona. Ich hatte diese amtlichen Vorschriften längst vergessen.«

»Was aber«, fragte ich, »macht der Mensch, wenn der liebe Vierbeiner um 13 Uhr 30 bellen will, und zwar zwölfeinhalb Minuten?«

»Dann hält man ihm die Schnauze zu, ganz einfach.« Er fing an zu lachen, freute sich sichtlich über die Idee und malte sie aus. »Man könnte die Schnauze auch mit einer Spezialhundeschnauzenschleife – abgekürzt SHS, muss sofort erfunden werden – zubinden oder, am besten, ihm die Vorschriften Wort für Wort vorlesen. Da hört er garantiert auf zu bellen.«

»Genau. Da bleibt ihm nämlich die Spucke weg.«

Diese Schlussfolgerung erheiterte ihn beträchtlich.

Nach einer Kurve, die uns einen neuen Ausblick eröffnete, zeigte er nach vorn. »Sehen Sie den Ort da? Das ist Auggen, ein zauberhaftes Weindorf, berühmt für seinen Gutedel. Und weil es gleich elf Uhr läuten wird, hätte ich gern meinen …«

»Elf-Uhr-Schluck«, vollendete ich.

»Sehr richtig. Wenn Sie mögen, machen wir eine kleine Pause bei einer Butterbrezel und einem Achtele in einer urigen kleinen Kneipe.«

»Einverstanden«, sagte ich und musste mich dazu nicht im Mindesten zwingen.

Tom

In der Nacht hatte es wieder geregnet. Ein böiger Westwind scheuchte das Herbstlaub wie Schwärme kleiner Vögel vor sich her und schob Wolkenfetzen über den blass gewordenen Himmel. Kühl war es geworden und der Regen hatte den Goldschimmer von Wald, Reben und Dächern gewaschen.

Ich hatte Fiona einige Zeit nicht gesehen, obwohl ich mir angewöhnt hatte, auch an gießfreien Abenden unsere Grenze abzuschreiten, um bei dieser Gelegenheit einen Blick hinüberzuwerfen. Sie saß nicht mehr auf der Terrasse, jedenfalls nicht am Abend. Diese Zeit war vorbei, sagte ich mir und bemerkte mit gewissem Unwillen, dass etwas wie Wehmut in dieser Feststellung lag. Was, bitte, ging mich diese Frau denn letztlich an? Zugegeben, die Gespräche mit ihr waren anregend. Zugegeben auch: Ich sah sie gern an, mochte ihr Lachen, das Aufblitzen ihrer Augen und die Art, wie sie vorwitziges Haar mit Nachdruck hinters Ohr klemmte. Mehr war da nicht. Mein analytischer Verstand bestätigte das in vollem Umfang.

Ein Impuls befahl mir, sie anzurufen. Jetzt. Sofort. Es könnte ihr schließlich erneut ein Missgeschick passiert sein.

Diese Sorge erwies sich als unbegründet. »Mir geht's gut, danke«, sagte sie. »Ihnen auch?«

»Mir auch. Jedenfalls einigermaßen.« Neuer Impuls: »Mir fehlt im Augenblick nur eines – ein Schluck Gutedel mit Ihnen.«

Sie holte hörbar Luft. »Let's have a gurgle, also gut«, erwiderte sie dann.

»Mögen Sie zu mir kommen?«

»Lieber nicht«, wehrte sie ab. »Mein Fuß braucht noch Ruhe. Kommen Sie rüber zu mir, kurz vor sieben. Für eine halbe Stunde. Abgemacht?«

»Abgemacht.«

Das Abendläuten erreichte uns in Fionas Wohnzimmer, das kein *Salon* war, aber größer, als ich in dem kleinen Haus erwartet hatte. Sie hatte es sparsam möbliert, was mich wunderte, denn im Allgemeinen neigten Frauen dazu, Räume mit allerlei Überflüssigem zu überladen. Das Zimmer wurde beherrscht von einem überbreiten Fenster, das den Blick über den Balkon hinaus auf das Panorama der Berge und, ganz rechts, auf Rebhänge und die Rheinebene lenkte.

Sie folgte meinen Augen. »Ohne Gardinen bin ich Teil dieser Landschaft«, erklärte sie. »Können Sie das verstehen oder bin ich nach Ihrer Ansicht verschroben?«

»Sie sind nicht verschroben, Fiona. Ohne das Filter von Gardinen oder Stores, oder wie Sie es nennen, wirkt dieses großartige natürliche Landschaftsbild unmittelbar auf Auge und Seele.«

Wir tranken langsam und schweigend und ließen dieses Bild auf uns wirken.

»Morgen Abend«, sagte ich nach einer Weile, »muss ich nach Berlin, ein alter Kollege ist gestorben.«

»Fahren Sie mit dem Auto?«

»Nein, mit dem Nachtzug. Am Vormittag ist die Trauerfeier. Die Beisetzung findet, wie es so schön heißt, im engsten Familienkreis statt, und dazu rechne ich mich nicht. Mittags steige ich wieder in den Zug und fahre zurück.«

»Warum bleiben Sie nicht länger in der Hauptstadt mit all ihren sicherlich vorhandenen Attraktionen?«

»Mir liegt die Großstadt nicht sonderlich. Redaktionsbesuche stehen nicht an, weil ich mir ein Alleinjahr genehmigt habe und in dieser Zeit keine Beiträge liefere, und was soll ich mich in einer so turbulenten Metropole allein herumtreiben? Oder wollen Sie mitkommen?« – Wieder so ein Impuls!

»Oh nein, vielen Dank«, wehrte sie erschrocken ab. »Mein Fuß würde mir das auch übelnehmen. Trotzdem danke, Tom.«

Immerhin: Sie nannte mich Tom. Ich stand auf.

»Wie kommen Sie zum Bahnhof?«, wollte sie wissen, während sie mich hinausbegleitete.

»Mit dem ehrenwerten Taxibetrieb Knoll.«

»Nein. Ich bringe Sie hin«, ordnete sie an. »Da kann ich mich für zwei Fahrten revanchieren, die Sie meinetwegen auf sich genommen hatten.«

Widerspruch duldete sie partout nicht und so kam der denkwürdige Moment, da ich zum ersten Mal den grünen Frosch bestieg. Anders ausgedrückt: Ich enterte ihn.

Weil Fiona auf einer frühen Abfahrt bestanden hatte, blieb noch reichlich Zeit bis zur Ankunft des Vorortzuges, der sich Regionalexpress nannte, wobei das *Regional* den Tatsachen entsprach, das *Express* jedoch ein mir bis dato unbekanntes Synonym für extreme Bummelei war.

Ich wollte mich von Fiona verabschieden, aber sie beharrte darauf, den Zug abzuwarten. »Alte Herren neigen gelegentlich zu Verwirrtheit«, grinste sie. »Ich muss doch achtgeben, dass Sie einsteigen, ohne Ihr Köfferchen stehen zu lassen. Sie könnten auch plötzlich vergessen, warum Sie auf dem Bahnhof sind.«

Ich deutete die Bereitschaft an, ihr wegen dieser Frechheit eine ehrlich verdiente Maulschelle zu verpassen. Sie duckte sich blitzschnell und lachte. Ein paar Fahrgäste in spe sahen uns, je nach Gemütsverfassung, belustigt, vorwurfsvoll oder indigniert an.

»Kommen Sie, wir setzen uns auf die Bank dahinten«, sagte ich. »Sonst wird noch jemand wegen Störung der öffentlichen Ordnung die Polizei anrufen.«

Ich lachte noch, als wir die Bank erreicht hatten. Der Bahnsteig war trist wie das zugehörige Gebäude, dessen vermutlich ehemals gelbe Farbe einem hässlichen Grau gewichen und an einigen Stellen abgeblättert war. Der Innenraum, über dem ein größenwahnsinnig anmutendes *Schalterhalle* stand, war geschlossen, sodass der Perron zugleich Wartesaal war.

An einem wieder freundlichen Abendhimmel hing die Mondsichel.

»Fiona, jetzt gibt es einen Test«, kündigte ich an. »Nimmt der Mond nun zu oder ab?«

»Äh, ja, also«, stotterte sie und gab auf: »Weiß ich nicht.«

»Also, dann hören Sie mal aufmerksam zu und schauen Sie her.« Ich malte mit dem Zeigefinger ein *a* in die Luft. »Das kleine a – sehen Sie den linken Halbkreis? – bedeutet abnehmend. Und wenn ich ein altdeutsches z male«, ich beschrieb einen rechten Halbkreis mit einer Unterschleife, »heißt das zunehmend. Klar?«

»Klar, Herr Lehrer.« Sie zeichnete mit dem Finger beide Buchstaben nach und sah mich vergnügt an. »Endlich habe ich es begriffen!«

Eine junge Frau, die kurzzeitig neben uns Platz genommen hatte, erhob sich abrupt und gesellte sich zu einer anderen. Beide blickten entgeistert in unsere Richtung.

»Die haben dank Ihnen ein abendfüllendes Gesprächsthema«, lächelte Fiona. »Wann kommen Sie übrigens zurück?«

»Morgen um diese Zeit.«

»Ich hole Sie ab.«

»Kommt nicht in Frage. Heute war eine Ausnahme. Alte Damen gehören am Abend in den Ohrensessel und nicht auf einen zugigen Bahnsteig.«

Sie kümmerte sich nicht um meine Einlassung. »Also wann genau?«

»18 Uhr 45.«

»Ich werde da sein«, versprach sie.

Sie war in der Tat zur Stelle, als mein Express pünktlich um Viertel vor sieben heranbummelte und bremste.

»War es anstrengend?«, erkundigte sie sich, während sie den Frosch bergauf kutschierte. »Sie müssen doch todmüde sein nach der Nachtfahrt und dem Tag heute.«

»Nicht sehr«, sagte ich und warf ihr einen kurzen Blick zu. Sie hatte die Augen ständig auf die Straße gerichtet und fuhr zügig und sicher. Normalerweise huldige auch ich dem maskulinen Vorurteil, dass Männer die Besseren am Steuer sind, weil wir einen anderen Zugang zur Technik haben als Frauen – dachte ich jedenfalls. Diese absurde Vorstellung wurde uns Buben direkt oder indirekt eingetrichtert und ich war wie die anderen diesen Einflüsterungen erlegen. Ich sah das beschämt ein, als ich Fiona beobachtete und mich entspannt zurücklehnte.

»Machen Ihnen Nachtreisen etwa nichts aus?«, hakte sie nach.

»Ein wenig schon. Aber ich genehmige mir seit vielen Jahren ein Schlafwagenabteil – Single – und allen Komfort, den man haben kann. Auf diese Art und Weise komme ich einigermaßen stressfrei ans Ziel.«

Sie bog in ihre Einfahrt ein und bremste. »Ach herrje«, entfuhr es ihr, »ich hätte Sie vor Ihrer Tür absetzen sollen.«

»Ich kann die wenigen Schritte wirklich laufen. Machen Sie sich keine Sorgen.«

»Haben Sie etwas zu essen im Haus?«

»Das nehme ich an.«

»So, das nehmen Sie an?«, wiederholte sie. »Ich will Ihnen was sagen. Sie bleiben zum Essen hier. Ich habe eine frisch gekochte Gemüsesuppe, die wird Ihnen nach der Bahnfahrt guttun. Und Sie erzählen mir dafür, wie es war in Berlin.«

Fiona duldete keine Widerworte. Ich konnte mir lebhaft vorstellen, wie sie mit ihren Kindern umsprang. Ich hatte keine Chance, sagte ich mir später und war dessen durchaus nicht unfroh.

Ich warf einen Blick in ihre Küche, die etwa die Größe von anderthalb Minis hatte und durch eine Schiebetür, die sie Durchreiche nannte, mit einer Essecke verbunden war, die sich in der rechten Ecke des Wohnzimmers hinter einem schmalen Wandvorsprung verbarg und von einer Hängelampe in mildes Licht getaucht wurde. Fiona zündete eine Kerze an. »Trotz der Lampe«, beantwortete sie die nicht gestellte Frage, und stellte eine kobaltblaue Terrine auf den Tisch.

»Mögen Sie einer allein lebenden alten Dorfbewohnerin erzählen, was Sie in der brodelnden Großstadt erlebt haben?«, fragte sie, nachdem wir uns minutenlang wortlos der Suppe gewidmet hatten.

»Von der brodelnden Großstadt habe ich wenig mitbekommen. Nach der Trauerfeier und privaten Gesprächen mit ein paar Kollegen war ich schon wieder auf dem Weg nach Süden. Es war übrigens eine sehr bewegende Trauerfeier. Nicht in einer Kirche, sondern in einer kleinen Friedhofshalle, weil Willy, den wir Wim nannten, es so gewollt hatte.«

»Also keine Predigt?«

»Nein. Mehrere seiner alten Weggefährten würdigten ihn in sehr persönlichen Ansprachen, sie redeten frei und voller Emotionen.«

»Wunderbar, wenn Männer Gefühle haben und sie zeigen«, warf Fiona ein. »Das ist äußerst selten. Joss war eine solche Ausnahme. Entschuldigung, dass ich Sie unterbrochen habe.«

»Keine Ursache.«

Ich verlor den Faden, weil sie mich intensiv ansah. In ihrem Blick las ich Anteilnahme und, wenn ich mich nicht irrte, eine Spur von Trauer.

»Wie alt war Ihr Kollege?«, fragte sie.

»Er war knapp 61. Sein Tod hat uns alle überrascht, weil Wim kerngesund zu sein schien. Einem Herzinfarkt folgte ein Schlaganfall, den er nicht überlebt hat.«

»Bei Joss war es ganz ähnlich. Eine Woche lang hatte ich die Hoffnung, er würde es schaffen. Aber sein Körper war rasch erschöpft. Vielleicht auch seine Seele, ich weiß es nicht. Was wissen wir denn überhaupt?«

»Wir wissen im Grunde nur dies: Der Tod gehört zu den Jahreszeiten des Lebens, er ist der Schlusspunkt und unausweichlich. Das gilt für alle Lebewesen, und diese schlichte Tatsache sehe ich als die einzige Gerechtigkeit, die es auf Erden gibt.«

Fiona war aufgestanden und kehrte mit zwei Gläsern zurück. »In der Ecke hinter Ihnen steht Rotwein«, sagte sie.

»Waren Sie dabei, als Ihr Mann starb?«

»Ja. Es war das erste Mal, dass ich sah und fühlte, wie ein Leben erlosch, langsam, wie eine Kerze, deren Docht sich behutsam in den letzten Tropfen Wachs legt. Eine unbeschreibliche Erfahrung.«

Ich hob mein Glas und schickte meinen Blick über den Rand direkt in ihre an diesem Abend sehr dunkel wirkenden Augen. »Ja. Unbeschreiblich, unvergesslich, unaufhaltsam. Und zugleich ein erhebender Augenblick. Weil man – wie vielleicht nie mehr – die Endlichkeit des Lebens begreift, buchstäblich begreift mit einem letzten Streicheln der Hand oder des Gesichts.«

»Als ich Joss die Lider schloss, war das für mich die intimste Geste überhaupt, falls Sie das nachempfinden können.« Sie schaute auf ihre Hände.

»Ich habe darunter gelitten, dass Sophie und ich keine einzige Minute des Abschieds hatten. Sie war sofort tot.«

»Vielleicht wurde ihr damit viel erspart. Ich denke da an die Intensivstation. Nirgendwo sonst habe ich mich so hilflos gefühlt. Weiß man denn, was in einem Sterbenden vorgeht, der unter Morphiumeinfluss bewegungslos auf dem Bett liegt, Infusionsnadeln in den Venen, umgeben von tickenden Monitoren, hinter einer Stellwand ein Patient mit ebensolcher Technik und dazwischen immer wieder das Gewusel der Pflegekräfte?

Weiß Joss, was mit ihm geschieht oder träumt er? fragte ich mich, während ich neben ihm saß, hin und wieder zu ihm sprach und auf eine Geste von ihm wartete, ein Zucken der Lider oder einen Druck der Finger.«

»Ist er nicht mehr zu Bewusstsein gekommen?«

»Doch, einmal, einen Tag vor dem Ende. Er öffnete die Augen ein wenig, nahm mich wahr und schloss sie wieder, und ich spürte einen Hauch von Lächeln. Das war sein Abschiedsgruß. Ich habe mich später gewundert, mit welcher Kraft ich diese Tage zwischen Leben und Tod überstehen konnte«, sagte sie.

»In diesen Stunden, denke ich, wächst einem von irgendwoher eine ungeahnte Energie zu, die einen befähigt, aufrecht zu bleiben. Der Kollaps folgt erst viel später.«

Sie hielt mir ihr Glas hin. »Bitte noch eine Füllung. Der Wein tut gut.« Und dann: »Sie haben recht. Was folgt, ist als ob man selbst stürbe. Leider tut man es nicht.«

Ich füllte auch mein Glas, trank einen Schluck und stellte es langsam zurück auf den Tisch. »Das Schlimmste ist der Schmerz«, sagte ich. »Er ergreift Besitz vom ganzen Körper, schüttelt ihn und durchfährt ihn mit Messerschärfe, selbst noch nach Jahren, dann aber glücklicherweise seltener. Was bleibt, ist die Trauer. Eine treue Begleiterin.«

»Sehr richtig, Trauer wird zur ständigen Begleiterin«, nickte Fiona. »Sie wird, falls man es so ausdrücken kann, Bestandteil des Ichs, der Seele, des Lebens überhaupt. Nach sechs Jahren habe ich sie endlich akzeptiert, ich kann frei atmen und mich auf die Erinnerung einlassen, die mich bereichert und auch wieder lachen lässt. Ich verdränge nichts – falls Sie das jetzt denken –, nein, ich kann über Sterben und Tod nachdenken, ohne dass die Intensivstation ständig vor meinen Augen auftaucht.«

»Das mag daran liegen, dass Sie loslassen konnten, Fiona. Loslassen können ist eine der wichtigsten Fähigkeiten, die wir zu erlernen haben, schon als Kind und erst recht später.

Loslassen ist eines der Geheimnisse des Zusammenlebens. Leider können oder wollen es die meisten Menschen nicht, schon gar nicht nach dem Tod des oder der Geliebten.«

»Es könnte daran liegen, dass Sterben und Tod für viele ein Tabu sind, dass es der Anstand gebietet, sich mit Fotos und anderen Devotionalien zu umgeben, dass der Verstorbene optisch immer gegenwärtig zu sein hat.«

»Im Altertum war man, scheint mir, realistischer«, erwiderte ich. »Der alte Römer Marc Aurel hielt den Tod für einen ähnlichen Vorgang wie die Geburt. Wenn ich's noch richtig im Gedächtnis habe, sagte er: *Verachte nicht den Tod, sondern habe dein Wohlgefallen an ihm, in der Überzeugung, dass auch er zu den Dingen gehört, die die Natur will.* Ich kann ihm da nur zustimmen.«

»Ich auch.« Fiona schaute in ihr fast geleertes Glas und stellte mit ihrem typischen, leicht verrutschten Lächeln gespielt verschämt fest: »Wir tauchen außer in Fragen des Seins auch tief in den Wein ein. Mir tut beides gut.«

»Mir auch. Und wir tun genau das Richtige, wenn wir uns an den persischen Dichter Hafis halten. Der rief: *Bring Wein herbei, denn mit dem Werkzeug dieser Welt ist's nicht weit her.*«

»Allerdings. Zum Wohl, Tom!«

Sie nahm den Faden wieder auf: »Dieses Tabuisieren mag damit zusammenhängen, dass der Tod als absolutes Ende angesehen wird, das allenfalls eine Fortsetzung auf einer himmlischen Wolke oder einem Kochkessel in der Hölle findet. Aber nicht nur Philosophen, sondern auch Wissenschaftler sehen den Tod als Tür zu einer neuen Existenz in anderer Gestalt an. Das kann ich nachvollziehen. Der Körper ist es, der stirbt, nicht aber die Seele. Was geschieht mit ihr?«

»Platon meinte, beim Tod sterbe das Sterbliche, das Unsterbliche und Unvergängliche ziehe wohlbehalten ab. Wohin und was daraus würde, konnte auch er natürlich nicht wissen.«

»Ich sehe mich als Teil des großen Ganzen, das habe ich Ihnen schon mal gesagt. Und in diesem großen Ganzen, das keinen Anfang und kein Ende hat, geht – davon bin ich überzeugt – nichts verloren. Alles ist ständig im Fluss, ändert sich permanent, entwickelt sich neu, also auch das, was nach dem Tod des Sterblichen von mir übrigbleibt. Diese Vorstellung schenkt mir eine wunderbare Sicherheit, eine Zuversicht, die mich regelrecht wärmt. Wissen Sie«, sie nahm einen Schluck Wein und hob den Kopf; die Ohren hatten die silbernen Strähnen inzwischen erleichtert freigegeben, »als Joss starb, verengte sich meine Sicht der Dinge zunächst auf einen Punkt: Mein Ende rückt unaufhaltsam näher, das Leben nimmt kontinuierlich ab, wird durch das Alter eingeschränkt. Ich starrte auf diesen Punkt wie meine Katzen auf ein Mauseloch.«

Ich musste wider Willen lachen. »Zum Wohl, Fiona, ich lache Sie nicht aus. Das Katz-und-Maus-Bild ist ergötzlich.«

»Nicht für die Maus.« Jetzt lachte auch sie.

»Und dann? Was passierte Ihnen dann?«, fragte ich.

»Unter dem Einfluss eines klugen, einfühlsamen Freundes, der auch Joss sehr gut kannte, tauchte ich in eine mir neue Gedankenwelt ein. Allmählich begriff ich, dass ich – um wieder ein Bild sprechen zu lassen – die Erde nicht mehr als Scheibe sah, sondern als das, was sie ist, nämlich eine leicht ramponierte Kugel.«

»Sie haben wahrscheinlich auch eine Menge gelesen.«

»Richtig. Schauen Sie sich um. Diese Bücher stehen da nicht bloß herum, sondern wurden und werden gelesen.«

»Alles moderne wissenschaftliche Lektüre?«

»Oh nein, bewahre. Aber etliche Bücher über neue Physik – alles ist Geist, Sie kennen die These wahrscheinlich –, Philosophie, Esoterik auch, Bücher über Sterben und Tod sind darunter.«

»Kübler-Ross und das *Tibetische Totenbuch*«, warf ich ein.

Sie lächelte. »Richtig geraten. Auch die.«

»Und was sonst noch?« Ich betrachtete die eindrucksvolle Bücherwand.

»Mein Landsmann Rupert Sheldrake zum Beispiel.«

»Erstaunlich: Ich lese ihn auch.«

»Überschätzen Sie mich nicht. Ich habe von ihm nur *Der siebte Sinn der Tiere.*«

»Wegen der Katzen.«

»Stimmt. Überhaupt habe ich eine ganz passable Katzenbibliothek. Und Bücher über Wein – die werden Sie interessieren.«

»Mit Sicherheit. Wobei ich Sie darauf hinweisen muss, dass wir die hier leer geschlotzt haben.« Ich hielt die Flasche hoch.

»Geschlotzt?« Sie guckte ratlos.

»Das sagt man in dieser Region, wenn man vom genüsslichen Weintrinken spricht. Wer nicht schlotzt, der sürpfelt, so wie Sie.«

»Ich hole noch eine Flasche!«

»Nein, bitte nicht, Fiona. Für heute ist's genug. Ich habe einen sehr anstrengenden Tag hinter mir.«

»Ach, also doch anstrengend? Vorhin haben Sie das bestritten, mein Herr.«

»Ach, das Gedächtnis, das Gedächtnis«, seufzte ich vergnügt, »es lässt stark nach, wenn ich bei Ihnen bin. Deshalb werde ich jetzt mein Köfferchen nehmen und über die Straße in meine Kasematten gehen. In die Büsche schlage ich mich nämlich nicht in dieser Finsternis.«

»Sehr vernünftig. Und stolpern Sie nicht. Sonst steht übermorgen in der Zeitung …«

»Oh Gott. Ja, ich sehe mich vor. Gute Nacht, Fiona. Danke für die Kutschfahrt und einen wunderbaren Abend.«

Fiona

»Happy birthday, Mum!« Mick stand in der Tür und hielt mir einen überdimensionalen Blumenstrauß entgegen. »Dieses Gemüse ist für dich«, fügte er überflüssigerweise hinzu und gab mir einen Kuss auf die Wange.

»Dass du daran gedacht hast bei all deiner Arbeit«, wunderte ich mich.

»Ehrlich gesagt, hat mein Computer mich rechtzeitig auf diesen wichtigen Termin hingewiesen, und weil ich in Staufen unten einen Kunden habe, der gerade ein PC-Desaster mit totalem Datenverlust erlebt, bin ich rasch hinaufgefahren zu dir, statt dir die Blumen schicken zu lassen.«

Für Mick war dieser lange Satz eine ungewöhnliche Leistung, und ich wusste das zu würdigen. Mein sonst eher kurz angebundener Sohn setzte sich in einen Sessel am Panoramafenster und holte erst einmal tief Luft. Ich nutzte die Pause, um meine Geburtstagsblumen zu versorgen und auf den kleinen Tisch vor den Bücherregalen zu stellen.

»Du hinkst«, stellte er, nun wieder in der üblichen Kürze, fest.

»Ich weiß.«

»Wie kommt das?«

»Ach, ich hab mir die Achillessehne angerissen. Es dauert seine Zeit, bis sich alles zurechtgewachsen hat. Die Zerrung, immerhin, habe ich überwunden.«

»Von der Sache weiß ich gar nichts.«

»Musst du auch nicht.«

»Mum, mal im Ernst: Was hast du angestellt?«

»›Angestellt‹, wie sich das anhört! Ich bin umgeknickt mit dem Fuß und so ist es passiert.« Dass dies nicht die ganze

Wahrheit war, kümmerte mich nicht weiter. Mick würde sich bloß aufregen, wenn er alles wüsste. Doch ich hatte ihn unterschätzt.

»Mum!« Er richtete sich auf. »Von einem bisschen Umknicken reißt nicht unbedingt die Sehne!«

»Das ist wohl das Alter«, wiegelte ich ab. »Möchtest du ein Glas Sekt mit mir trinken an diesem meinem Ehrentag?«

»Ja, gern.« Er nickte.

»Wir haben Glück mit dem Novemberwetter, woanders hat es schon geschneit«, eröffnete ich nach einem Schluck die nächste Runde des Dialogs.

»Lenk nicht ab, Mum. Was war da los?« Er ließ nicht locker.

»Mehr war da nicht«, sagte ich, ebenso stur. »Es ist halt das Alter. Ich bin seit heute 71, falls dir das entgangen sein sollte.«

»Stichwort Alter.« Er hob sein Glas. »Herzlichen Glückwunsch noch einmal.«

»Danke«, lächelte ich und hoffte, damit wäre das Verhör ausgestanden. Ich irrte erneut.

»Mum, es mag nicht der beste Zeitpunkt sein, aber du selbst hast damit angefangen. Mit 71 ist der Körper nicht mehr jung. Da passiert immer öfter so etwas wie diese Sehnensache. Hast du mal darüber nachgedacht?«

»Ja. Und was ändert das? Ich muss eben vorsichtig sein und das tue ich, keine Sorge, mein Sohn.«

»Das ist gut, aber es reicht nicht. Was, wenn du von der Leiter fällst? Dir den Fuß verbrühst? Auf dem Weg ins Untergeschoss auf der Treppe stürzt?«

»Dann hab ich halt Pech gehabt und komme ins Krankenhaus.«

»Das sagst du so leicht daher. Du lebst hier allein. Gegen unseren Willen, falls du dich erinnerst. Sara und ich hatten dir dringend abgeraten, das Haus zu übernehmen.«

»Ich erinnere mich. Vielleicht fällt dir wieder ein, dass ich euch versichert habe, ich wolle nur die ersten Monate hier, bis Jahresende, sozusagen als Eremitin leben. Vom nächsten Jahr an habe ich nacheinander alle meine Freundinnen und Freunde zu Gast, wahrscheinlich mehr, als mir gut tut.«

»Damit hast du nur Plackerei«, sagte Mick ungerührt. »Sara und ich haben uns geeinigt, dass du in ein Wohnstift ziehen solltest.«

»Wie bitte?« Ich fuhr auf. »Seid ihr noch bei Trost? Ich will nicht in ein Seniorengetto. Zumindest vorerst nicht. Damit das klar ist!«

»Mum, reg dich nicht gleich auf. Wir wollen doch das Beste für dich«, versuchte er mich zu beschwichtigen. »Und mit ›das Beste‹ meine ich auch die Qualität des Stifts. Ganz in meiner Nähe ist eines, das den höchsten Anforderungen entspricht. Schöne Appartements, großartiges Ambiente. Fantastische Parkanlage. Alle fünf Häuser sind im Erdgeschoss miteinander verbunden, sodass du, um eine Freundin zu besuchen, nicht nach draußen zu gehen brauchst. Im Zentrum sind ein renommiertes Restaurant und ein gemütliches Café. Sara und ich haben uns alles genau angesehen. Sie hat da sogar einen Tag und eine Nacht probegewohnt und war begeistert.«

»Seid ihr noch ganz richtig im Kopf?« Wut packte mich. »Bin ich schon entmündigt oder habt ihr das erst eingeleitet? Was denkt ihr euch dabei, in dieser Weise über mich zu verfügen? Sag mir das mal!«

»Ruhig, Mum.« Er hob beschwörend beide Hände. »Wir verfügen nicht über dich. Wir machen uns allerdings Sorgen um dich. Und da haben wir uns in weiser Voraussicht schon mal über Möglichkeiten informiert.«

»Weise Voraussicht! My bloody foot!«*

»Genau«, hakte er ein. »Die Sache mit dem Fuß sollte dir zu denken geben. Mit 71 wird es Zeit, an die letzten Jahre zu denken.«

* So ein verdammter Blödsinn!

»Herzlichen Dank für diesen Rat. Meinst du, darauf wäre ich nie gekommen? Hältst du mich schon für umnachtet, unfähig zur Selbsteinschätzung?«

»Im Alter neigt man, wie in der frühen Jugend, zur Selbstüberschätzung, Mutter. Da schließt sich der Kreis.«

»Ich überschätze mich durchaus nicht«, gab ich, immer noch wütend, zurück. »Ich weiß, was ich kann und was ich unter Umständen nicht mehr bewältige. Ich ziehe meine eigenen Schlussfolgerungen.«

»Welche Schlussfolgerungen hast du denn aus dieser Fußangelegenheit gezogen?«, fragte er und fuhr fort, ehe ich antworten konnte: »Wie hast du dich dabei verhalten? Einen Arzt angerufen? Den Rettungsdienst alarmiert? Du hattest sicher Schmerzen und konntest gar nicht beurteilen, was da verletzt war. Der Fuß hätte gebrochen sein können.«

»War er aber nicht. Um dich zu beruhigen: Tom hat mich in sein Auto verfrachtet und zur Untersuchung und Behandlung in die Klinik gefahren.« Ich musste ihm ja nicht sagen, dass Tom mich dazu gezwungen hatte.

»Tom? Wer ist denn das?«

»Der, den du DVD getauft hast.«

»Ach, ihr seid schon so weit, dass ihr euch duzt.« Er schaute besorgt.

»Erstens duzen wir uns nicht, und zweitens ist das ausschließlich meine Angelegenheit.«

»Pass ja auf, Mum. Der Mann hat es garantiert auf irgendwas abgesehen. Denk dran, wie er sich aufgeführt hat damals. Wenn du nicht achtgibst, geht er hier demnächst wie selbstverständlich ein und aus.«

»Überlässt du das freundlicherweise mir? Ich bin nämlich volljährig, Mick Conradt. Ich weiß nicht, was du willst.« Ich setzte das Glas mit Nachdruck zurück auf den Tisch. »Heute habe ich Geburtstag und meine Kinder präsentieren mir ihre detaillierten Vorstellungen von meinem Abschied vom

Leben. Das muss ich erst mal verdauen.« Ich schenkte ihm und mir noch ein halbes Glas Sekt ein. »Auf meine Entmündigung!«

Mick schüttelte ratlos den Kopf. »Tut mir leid, Mum, wenn wir dich verletzt haben sollten. So war es wirklich nicht gemeint.« Er wirkte ehrlich zerknirscht.

In diesem Moment läutete es an der Haustür. Hoffentlich nicht Tom, dachte ich, das fehlte noch, aber er konnte nicht wissen, dass ich Geburtstag hatte.

Es war eine Botin mit einem Strauß von Sara. Irgendwie besänftigte mich das. »Lass es gut sein, Mick«, sagte ich, während ich die Blumen in eine Vase stellte. »Traut mir schlicht mehr zu, ihr beiden.«

Trotzdem wirkte er bedrückt, als er sich verabschiedete.

Sara rief an, als Tom und ich unsere Sieben-Uhr-Zeremonie eröffnet hatten, die sich ohne unser bewusstes Zutun zur Gewohnheit entwickelt hatte. Tom pflegte kurz vor dem Glockenschlag zu erscheinen, eine Flasche – voll oder angefangen – im Arm, und ging exakt um zehn vor acht, um den regionalen Wetterbericht und die Tagesschau bei sich daheim zu sehen. Mir war es sehr recht. Schließlich waren wir – ich muss das betonen! – keinesfalls Freunde, sondern lediglich gute Nachbarn und Gesprächspartner. (Mick hätte das selbstredend lebhaft bestritten.)

Nach dem *Happy birthday,* dem sich – singend – auch meine beiden Enkel am Telefon anschlossen, kam Sara zur Sache. Sie schickte die Kinder nach draußen: »Ich muss noch einiges mit Granny besprechen.« Sie benutzte das englische Wort *Granny,* weil sie das deutsche *Oma* – genau wie ich – nicht ausstehen konnte. Ich wappnete mich. Ganz sicher hatte Mick ihr von unserer Unterredung berichtet.

Da kam es auch schon. Ich nickte Tom zu und blickte gen Himmel.

»Mum«, begann Sara, »ich bedaure sehr, dass du dich entmündigt fühlst und das an deinem Geburtstag. Glaub mir, das war nicht unsere Absicht. Wir möchten dir nur helfen in dieser schwierigen Endphase.«

»Danke, ich lebe noch!«, warf ich ein.

»Bitte, Mum, du weißt sehr wohl, was ich meine. Also mach es uns doch nicht noch schwerer. Du bist jetzt 71.«

»Das habe ich heute schon mal gehört, glaube ich.«

»Das bedeutet, dass du dich …«

»… auf das Ende vorbereiten musst«, vollendete ich. Es machte mir Spaß, sie in die Enge zu treiben und dabei Tom anzusehen, der offenbar ahnte, worum es ging. Er lächelte, und weil er seinem Drei-Tage-Bart ade gesagt hatte, konnte ich die Lachfältchen an seinen Mundwinkeln und die winzige Kerbe im Kinn ohne Mühe erkennen.

»Es bedeutet, dass du«, Sara holte tief Luft, »dich damit vertraut machen solltest, irgendwann Hilfe zu brauchen. Wir wünschen uns für dich ein beschwerdefreies Alter, Mum. Ein wenig Luxus nach einem arbeitsreichen Leben. Deshalb der Vorschlag, in dieses First-Class-Wohnstift zu ziehen.«

»In dem du schon probegewohnt hast.«

»Wirfst du mir das vor?«

Ich trank einen Schluck Gutedel und lächelte begütigend zu Tom hinüber, der sich jetzt etwas unbehaglich zu fühlen schien. »Ich nehme heute gar nichts übel.«

»Vielleicht hat mein lieber Bruder sich ungeschickt ausgedrückt.«

»Vielleicht. Du, Sara, lass uns das Gespräch beenden. Es führt zu nichts und ich habe Besuch.«

»Was? Wer denn? Etwa DVD?« Die Fragen kamen angeschossen.

»Tom ist hier.«

»Tom – Gott, ja, Mick hat mir erzählt, dass ihr per Du seid …«

»Sind wir nicht.«

»Ist da was im Busch, Mum?«

»Was soll da im Busch sein?«

»Na, du weißt schon, was ich meine.«

»Weiß ich nicht. Ich habe, sagen wir mal, einen guten Nachbarn zu Gast.«

»Fiona …« Sie ließ das Wort in der Luft hängen.

»Nix ›Fiona‹«, sagte ich. »Ich tu, was ich will, und dabei bleibt's, my darling daughter.«*

My darling daughter schien das zu kapieren. »Einen schönen Abend denn.« Sie legte auf.

»Wenn ich mir die vielen Blumen ansehe und die mitgehörten Halbsätze ins Gedächtnis rufe, resümiere ich, dass Sie Geburtstag haben, Fiona.«

»Richtig resümiert.«

»Und Sie haben, sagen wir, Differenzen mit dem Nachwuchs.«

»Abermals richtig. Die Damen und Herren Kinder, nämlich Sara und Mick, wollen mich vor mir selbst schützen und in ein Wohnstift einweisen, am besten vorgestern, habe ich den Eindruck. Sara hat da sogar schon zur Probe an meiner Stelle übernachtet und ist, sagt Mick, hellauf begeistert. Klar, sie muss da schließlich nicht für den Rest ihres Lebens einziehen.«

»Und was gedenken Sie zu tun?«

»Nichts natürlich. Ich bleibe in diesem Haus, das mir als Joss' Witwe geschenkt wurde von Tante Helens Nichten und Neffen. Punkt.«

»Kinder können einem ganz schön zusetzen«, sagte Tom nachdenklich, »besonders wenn man alt ist.«

»Ich habe den Eindruck, es gibt da zwei Extreme: entweder totale Fürsorge oder überhaupt keine. Ich sehe das in meinem Freundes- und Bekanntenkreis. Jeder macht irgendwann einmal die Erfahrung, dass sich der – wie Sie es nennen – Nach-

* meine liebste Tochter

wuchs emanzipiert hat und daraus das Recht ableitet, über die Alten zu verfügen – oder sie zu ignorieren, weil sie lästig sind.«

Tom griff nach der Flasche, hielt sie gegen das Licht – ich hatte die Stehlampe eingeschaltet – und sagte trocken: »Die ist so gut wie leer. Außerdem ist die Tagesschau vorbei. Außerdem Nummer zwei habe ich Ihnen noch nicht zur glorreichen 71 gratuliert, was ich hiermit nachhole. Aber nicht nur das. Ich möchte Sie morgen zum Essen einladen und zum Umtrunk, um diesen Tag gebührend, das heißt ohne Querelen von Seiten des Nachwuchses, nachzufeiern. Würden Sie mir«, er stand auf, »diese Ehre erweisen?«

»Jetzt müssen Sie mich nur noch als gnä' Frau titulieren und ich fliehe. Könnten Sie das auch anders ausdrücken?«

Er lachte. »Wird gemacht. Also, Fiona: Gehen wir morgen essen und trinken und tun, was uns gefällt?«

»Was, mein Herr, bedeutet Letzteres?«

»Ganz einfach: Wie es euch gefällt. Some like it hot* oder, wie euer Shakespeare sagt: *Comme il faut.*«**

»Das sagt er gar nicht.«

»Nein?« Er blickte frech, fand ich. »Was sagt er dann?«

»Sie wissen es genau. Shakespeare – wenn er es wirklich war, was keiner weiß, aber daran darf man nicht rühren – also, Shakespeare, mein edler Landsmann, sagte: *As you like it.*«***

»Danke für die Klarstellung. Aber ich will Sie nicht länger aufhalten. Es ist Zeit fürs Abendbrot.«

»Das kann ich Ihnen zu meinem Bedauern nicht bieten. Brot ja, Abend nein, sofern Sie darunter Wurst und Käse und Braten verstehen. Hab ich nicht. Nur Quark.«

»Macht nichts. Bitte keinen Quark. Damit bin ich als Kind überfüttert worden. Ich habe drüben eine geräucherte Forel-

* Manche mögen's heiß.
** Wie es sich gehört.
*** Wie es euch gefällt.

le, frisch aus der Fischzucht unten, das Beste, das es gibt. Soll ich es holen?«

»Sie verführen mich.«

»Und wenn?« Eine Sekunde lang trafen sich unsere Blicke.

»Ja, holen Sie Ihre Forelle. Ich habe Meerrettich und Sahne und Schwarzbrot, wenn das Ihren kulinarischen Gewohnheiten nicht widerspricht.«

»Durchaus nicht.« Damit strebte er seiner Küche zu (jedenfalls nahm ich das an).

Eine halbe Stunde später saßen wir bei Forelle, Sahnemeerrettich, Brot und Wein und erlaubten dem Abend, sich zu entfalten.

»Es fehlt eigentlich nur noch Musik«, sagte Tom und teilte einem Stück Forelle einen Happen Brot zu. »Was könnten Sie da bieten, Fiona?«

»Meine beiden Lieblings-Georges zum Beispiel, Gershwin und Shearing.«

»Jazz-Fan?«

»Mhm.« Ich nickte zwischen zwei Bissen. »Oder das legendäre Benny-Goodman-Konzert in der Carnegie Hall.«

»Wie kommen Sie denn dazu?«

»Sie werden es nicht glauben, aber Joss und ich hatten einen alten Freund, der dabei war. Der sagte, wenn wir die Aufnahme gemeinsam hörten: ›Da, Leute, habe ich auch geklatscht.‹ Oder: ›Dieses Stück hat mich buchstäblich mitgerissen. Hört ihr mich applaudieren?‹ Der Gedanke war herzerwärmend und zugleich erhebend: Einer von uns war dabei.«

»Das möchte ich auch noch einmal hören.«

»Sie kennen es?«

»Aber sicher. Ich mag nämlich Jazz.«

»Und Klassik?«

»Ich bin damit aufgewachsen. Den Rest können Sie sich denken. Jazz galt als Negermusik.«

»Da hatten wir Briten es besser. Bisweilen sind wir toleranter.«

»Aber nicht, wenn es um Gurken-Sandwiches geht.« Er grinste. »Da hört's bei euch auf. Apropos: Können Sie diese Sandwiches zubereiten?«

»Da muss ich passen. Bei uns gab es zum Tee immer nur biscuits.«

»Cookies.«

»Das ist US-amerikanisch.«

»Gut, lassen wir das. Kommen wir auf die Musik zurück, Fiona. Welche Art von Klassik klingt gut in Ihren«, er schaute mich, den Kopf schräg gehalten, prüfend an, »kleinen Ohren? Mozart?«

»Hat man mir beim Klavierunterricht – ich sage nur: C-Dur-Sonate – ausgetrieben.«

»Was dann? Beethoven?«

»Die sechste Symphonie musste ich vierhändig mit meiner Klavierlehrerin spielen, sogar öffentlich, und weil sie warme Weichgummifinger ihr eigen nannte, mit denen sie mich zu betatschen beliebte, war es alsbald aus mit Ludwig van.«

»Und? Was mögen Sie wirklich?«

»Smetana, Ravel, Mendelssohn und Grieg. Besonders Grieg. Keiner hat Trauer so einfühlsam, so erschütternd Ausdruck verliehen wie er mit *Aases Tod*. Ich habe es, glaube ich, hundert Mal gehört, als mein Mann gestorben war. Grieg muss gewusst haben, was Schmerz war. Und Trauer.«

»Musik ist ein wunderbares Geschenk.«

»Ja«, sagte ich, mich zurücklehnend, »doch das Größte, das der Mensch hervorgebracht hat, ist meiner Ansicht nach die Sprache.«

Tom sah mich nachdenklich an. »Das könnte sein«, meinte er. »Jedenfalls fällt mir sonst nichts ein an Basis-Errungenschaften. Ich«, er sah in sein halb leeres Glas, »halte nicht besonders viel von der Säugetierklasse Mensch. Sie werden es bemerkt haben – oder auch nicht. Meiner Meinung nach war der selbst ernannte Homo sapiens das Übelste, das der Erde passieren konnte.«

»Warum?«

»Weil er alles zerstört.«

»Das ist ungerecht, Tom. Wie viel Schönes hat der Mensch geschaffen – Kunst, Kultur, Architektur.«

»Sicher, Fiona. Doch auf der anderen Seite hat er seine auf Zerstörung gerichteten Neigungen weiterentwickelt und ausgelebt. Der Raubbau an der Natur, die uns als Lehen überlassen wurde, spricht doch für sich. Was geschieht, wenn Luft und Wasser endgültig vergiftet und die sogenannten Bodenschätze verfeuert sind? Der Mensch entwickelt ungeheure Fantasie, um Bleibendes zu schaffen – und zugleich, um mehr als das zunichte zu machen. Das, glaube ich, ist die Tragik der menschlichen Existenz.«

»Ändern können wir nichts daran«, sagte ich in die folgende Stille.

»*Vielleicht* nicht. *Vielleicht* aber«, er setzte sich zurecht und schaute auf die Lichter unten im Dorf, »kann jeder Einzelne durch bewusstes Leben dazu beitragen, dass die Talfahrt gebremst wird.«

»Dazu ist es doch viel zu spät. Sie sind ein Idealist und Träumer, Tom.«

»Kann sein. Kann sein, dass ich an Dinge glaube, die unmöglich sind. Ist der Mensch *von Natur aus* schlecht, kurzsichtig und auf Zerstörung programmiert? Ich mag es nicht glauben, Fiona. Und doch …« Er ließ den Satz halb fertig stehen.

Ich legte George Shearing in den CD-Player.

»*Lullaby of Birdland*«, sagte Tom und lächelte. »Sie haben recht: Wir sollten uns auf das Positive besinnen.« Wie selbstverständlich holte er eine Flasche Rotwein aus dem Eckregal, öffnete sie mit seinem Armeemesser und gab unseren Gläsern eine neue Füllung.

Etliche Minuten lang widmeten wir uns der Musik.

»Der Mann war blind«, bemerkte Tom. »Shearing war blind. Ich wusste es nicht, bis ich einen Film über ihn sah. Brite war er, wie Sie, und dennoch gelang ihm als Pianist eine außergewöhnliche Karriere in den USA.«

»Die USA werden in der Alten Welt häufig als kulturlos oder kulturarm angesehen«, sagte ich, während Tom *It ain't necessarily so* summte, »aber sie haben viele begabte Künstler hervorgebracht.«

»Ich mag Gershwin«, sagte er. »Wussten Sie, dass er Ravel bat, sein Lehrer zu werden, und Ravel ihn wissen ließ: Nein, mein Junge, Sie können schon alles?«

»Wusste ich nicht.«

Wir hörten Shearings *Autumn Serenade*.

»Zeit für mich zu gehen, Fiona«, sagte Tom. »Ich bin viel zu lange geblieben. Gehen wir also morgen zusammen essen? Nachträglich zu Ihrem Geburtstag?«

Ich nickte. Wir waren aufgestanden. Er nahm mein Gesicht in beide Hände. »Happy birthday«, sagte er, »and many happy returns.«*

Er küsste mich nicht. Gott sei Dank, dachte ich. Und war mir dessen plötzlich nicht mehr ganz so sicher.

* Alles Gute und ein langes Leben.

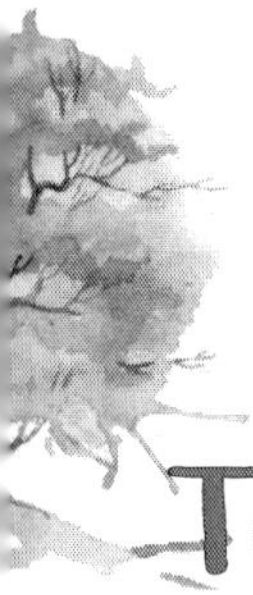

Tom

Fiona war skeptisch. »Da oben werden wir heute bestimmt nichts sehen können.«

Wir fuhren durch dichten Nebel hinauf auf den Blauen. Es war sehr kühl, spätherbstkühl, und der Laubwald hatte sich endgültig vom Sommer verabschiedet. Bald würde ein Hauch von Weiß die Höhen auf den Dezember einstimmen.

Ich fuhr bedächtig, stets gewärtig, dass uns hinter einer Kurve ein schnelleres Fahrzeug in der Mitte der schmalen Straße entgegenkommen könnte. Doch, ich mochte Nebeltage wie diesen – allerdings als Wanderer, nicht am Steuer eines Wagens.

Fiona fühlte dies: »Sollten wir bei dem Wetter nicht lieber unten bleiben und dort irgendwo essen?«

Ich schüttelte den Kopf. »Warten Sie's ab, Fiona.«

Etwa 100 Höhenmeter unterhalb des Blauen-Gipfels zerriss die Nebeldecke abrupt. Ein lichtblauer Himmel öffnete sich über uns und vor uns lag das Berghotel in der Sonne.

»Kommen Sie, setzen wir uns einen Moment auf die Bank dahinten, wo wir neulich waren. Das ist der Platz mit der besten Sicht.«

Fiona setzte sich nicht. Sie blieb stehen, ging ein paar Schritte, drehte sich in alle Himmelsrichtungen und sagte: »Faszinierend, Tom. A-tem-rau-bend.«

Unter uns wogte träge ein graues Nebelmeer, aus dessen unergründlicher Tiefe Bergkuppen wie Inseln herausragten, größere und kleinere, bräunlich und erstaunlich scharf konturiert. Am anderen Ufer schaute die Kette der Vogesenhöhen aus dem Grau, weiter östlich glitzerten bläulich-weiß die schneebedeckten Gipfel der Schweizer Alpen. Sie schienen ganz in die Nähe gerückt zu sein, als wollten sie uns begrüßen. Fiona nahm mich am Arm: »Gehen wir doch einmal rund herum. Es ist wunderbar warm hier. Ich hätte eine Sonnenbrille mitnehmen sollen.«

Sie staunte immer von Neuem, fast wie ein Kind, über das großartige Naturschauspiel, auch dann noch, als wir im Restaurant des Berghotels den – wie sie meinte – allerbesten Platz *erobert* hatten. Dies war kein Kunststück, denn kaum ein anderer Gast verirrte sich an einem Werktag wie diesem außerhalb der Touristensaison auf den Blauen, schon gar nicht, wenn unten Nebel herrschte.

»Wir haben es doch wirklich gut, Tom«, sagte sie nach einem Blick durch den fast leeren Gastraum, dessen riesige Fenster das ganze grandiose Panorama einfingen.

»Man muss die positiven Seiten des Alters erst schätzen lernen«, erwiderte ich. »Das ist nicht selbstverständlich in einer oftmals feindselig wirkenden Umwelt, in der nur Jugend etwas zählt. Wenn wir beide noch berufstätig wären, könnten wir jetzt nicht hier sitzen und entspannt dieses schöne Bild da draußen betrachten. Das aber ist nur eine der Freiheiten, die wir mit 70 haben.«

»71«, berichtigte sie.

»Also 71. Demnächst nehme auch ich diese Hürde und ziehe mit Ihnen gleich. Damit das klar ist!«

Die Wirtin brachte eine halbe Flasche Wein und zwei Gläser. Das Einschenken übernahm ich.

»Stoßen wir auf Ihren Geburtstag an und auf die Tatsache, dass Sie ein paar Wochen älter und somit weiser sind als ich«, schlug ich vor.

»Weiser? Zum Wohl! Das möchte ich bezweifeln. Ich komme mir jedenfalls eher ziemlich unweise vor, so als sei ich noch nicht erwachsen.«

»Erwachsen werden ist eine Lebensaufgabe«, sagte ich und stellte mein Glas ab. »Und ich weiß nicht einmal, was es eigentlich bedeutet und wozu es gut ist. Herbert Grönemeyer singt: *Gebt den Kindern das Kommando; sie berechnen nicht, was sie tun,* aber so weit würde ich dann doch nicht gehen.«

»Ich glaube«, lächelte sie, »dass es gut wäre, eine Portion Kindsein hinüberzuretten in die späteren Jahre. Kinder sehen viele Dinge, die Älteren entgehen, und sie reagieren viel spontaner und ehrlicher. Das könnte Grönemeyer gemeint haben.«

Ich stimmte zu. »Ich habe noch die Drohung von Erwachsenen im Ohr, die mir als kleinem Jungen erklärten: ›Pass auf, wenn du groß bist, darfst du dir dies und jenes nicht mehr erlauben.‹«

»Man wird auf das Erwachsensein gedrillt. Aber wann setzt diese Phase eigentlich ein? Wann wird man erwachsen? Gibt es eine gesetzliche Richtlinie? Menschen, die dem Jahrgang nach volljährig werden, sind ja häufig noch lange nicht erwachsen.«

»Ich denke, das beginnt, wenn man zum ersten Mal merkt, alles falsch gemacht zu haben.«

»Alles? Ach nein. Vielleicht vieles«, warf sie ein. »Im Alter wäre diese Bilanz dann womöglich noch bitterer. Es täte gut, sich auf die Leichtigkeit des Seins in jungen Jahren zu besinnen. Auf die Unvoreingenommenheit der Kinderzeit. Es würde manches vereinfachen. Wir würden unter Umständen überraschende Zusammenhänge erkennen, auch in uns selbst.«

»Das erklären Sie sehr gut«, sagte ich und räumte unsere Gläser beiseite, damit die Wirtin die heißen Teller abstellen konnte.

»Forellenfilet in Kräutersoße«, erläuterte sie, nicht ohne Stolz.

»Mit Wein und Sahne?«, erkundigte sich Fiona bei ihr. Und als die Bestätigung kam, wandte sie sich zu mir: »Beides gehört offenbar in ein anständiges Essen in dieser Region?!«

»*Regio* sagen wir hier«, meinte die Wirtin freundlich. »Gemeint ist das Dreiländereck Schweiz-Elsass-Baden. Lassen Sie's sich schmecken!«

Ich beobachtete mit geheimer Freude, wie Fiona vorsichtig ein Stückchen Fisch aufspießte, in die Kräutersahneweinsoße tunkte und probierte.

»Himmlisch!«, lautete ihr Urteil. »Das Rezept muss ich mir besorgen. Ein köstliches Geburtstagsessen. Vielen Dank für die Einladung, Tom.«

Sie strahlte, und wenn sie strahlte, sah sie trotz ihrer Silberhaare sehr jung aus. Als ob sie meine Gedanken gelesen hätte, sagte sie: »Ich möchte nicht mehr jung sein. Alter hat doch viele gute Seiten. Nicht nur, weil wir hier oben sein und ohne Zeitdruck unsere Forellen verspeisen dürfen. Sondern auch, weil wir im Grunde freier sind, als wir es jemals vorher sein konnten oder durften.« Sie warf einen Blick in ihr geleertes Glas, dankte für die Auffüllung und fuhr fort: »Ich jedenfalls fühle mich befreit von vielen Zwängen vergangener Jahrzehnte.«

»Mir geht es ähnlich«, gestand ich. »Manchmal tun mir Phil und seine Frau leid, die auf der juristischen Karriereleiter nach oben drängen und dabei allerlei Verletzungen erleiden. Phil zeigt Härte nach außen, ist aber innerlich häufig verbiestert. Der Wettbewerb, dem die Jüngeren ausgesetzt sind, ist um vieles heftiger als zu unserer aktiven Zeit.«

»Ich sehe das auch an meinen beiden und deren Freunden, mit denen ich hin und wieder zusammenkomme. Sie scheuen sich – ob zu Recht oder zu Unrecht wage ich nicht zu beurteilen –, Nein zu sagen. Dabei muss ein Mensch auch Nein sagen, um sich nicht total zu verbiegen. Ich dagegen, als alte Frau, habe endlich die Freiheit entdeckt und nehme sie mir, um Dinge abzulehnen, die mir nicht behagen oder um mir Zeit für mich selbst zu nehmen, was ich mir früher nie erlaubt hatte.

»Auf die Freiheit, Fiona! Und auf das Alter!« Ich trank einen Schluck. »*Das Leben ist lang, wenn man es zu gebrauchen versteht,* sagt Seneca, der kluge alte Römer, den ich sehr schätze. Und damit hat er recht. Wir sollten uns das zu eigen machen.«

»Es ist nicht leicht, in der letzten Phase seinen eigenen Rhythmus zu finden«, meinte Fiona nachdenklich, »ich versuche es aber.« Sie schaute in ihr Glas.

»Das ist der letzte Tropfen«, verkündete ich, »wir wollen noch eine Rundfahrt machen, sofern der Nebel unten ein Einsehen hat und sich verzieht.«

Fiona nickte. »Wir können das Versäumte nachholen, wenn Sie zur üblichen Abendstunde bei mir erscheinen. Let's have a big gurgle then!«

»Auch diese Freiheit nehmen wir uns, selbst auf die Gefahr hin, dass die Kinder als nächstes unseren Weinkonsum kontrollieren wollen mit der Begründung, dies geschehe nur zu unserem Besten.«

»Da sagen wir halt entschieden Nein. Basta!« Sie wirkte äußerst entschlossen. »Wir verteidigen unsere Art zu leben, solange uns die Kinder nicht mit allen guten Wünschen in ein Wohnstift expedieren.«

»So ist's recht, Fiona!«

»Hat Ihr Sohn auch schon Pläne dieser Art für Sie?«

»Bisher anscheinend nicht, obwohl er gewisse Andeutungen macht über das Alleinleben alter Herrschaften. Aber das überhöre ich geflissentlich.«

Wir drehten noch eine Runde auf dem Gipfel. Den 16 Meter hohen Aussichtsturm ließen wir links liegen, weil sich Fiona stur weigerte, *dieses eiserne Gerippe* zu besteigen. Wir bewunderten das grandiose Nebelmeer zu unseren Füßen mit seinen Inseln und Inselchen und der imposanten Alpenkette am anderen Ufer.

»Ich mag das Meer«, sagte Fiona plötzlich, »das richtige Meer. Ich mag es, weil es mir in seiner scheinbaren Unendlichkeit die eigene Endlichkeit bewusst macht. Ich mag die

Wellen der Tide, die mir ihre Schaumkronen zu Füßen legen, und den leisen Gesang der Ebbe. Kennen Sie das?«

»Ja. Ich liebe die Musik des Meeres.«

»Dort leben möchte ich nicht ständig«, sagte sie, »aber von Zeit zu Zeit hinfahren und vom Seewind meinen Kopf aufräumen lassen. Am wohlsten fühle ich mich allerdings in meinem kleinen Haus im Schutz der Berge, umgeben von Wald und Reben ...«

»*Wo man Wein trinkt, lass dich ruhig nieder* oder wie der Spruch heißt«, ergänzte ich. »Ich freue mich auf unsere Stunde heute Abend.«

Diesen Umtrunk hatten wir uns verdient, denn die Rückfahrt war kein reines Vergnügen. Der Nebel blieb standhaft, er wich nicht, und wir beide waren erleichtert, als wir unser Dorf erreicht hatten.

»Eine hervorragende Mahlzeit verdient einen eben solchen Digestif«, erklärte ich – wieder ein Impuls! – beim Aussteigen. »Darf ich Sie dazu in meine Wohnhöhle einladen?«

Sie blickte etwas zweifelnd. Dann kam ihr leicht verrutschtes Lächeln: »Doch, ja, gern, vielen Dank.«

Sie sah sich nur kurz im Salon um. »Wo darf ich sitzen?«

»Wo Sie möchten«, erwiderte ich, woraufhin sie sich in meinen uralten Ohrensessel fallen ließ. Er stammte noch von meinem Großvater, war viele Male aufgepolstert und neu bezogen worden, und ich hielt ihn in Ehren, indem ich regelmäßig darin saß – und ihn pflegte, wie ich es sonst mit keinem Möbelstück tat.

Fiona wirkte fast winzig darin, obwohl sie nicht viel kleiner war als ich. Fast schien sie zu versinken. Ich beobachtete sie, wie sie sich entspannt zurücklehnte, die Arme über die Seitenstützen gelegt, in der Rechten das Glas, in dem sie ganz sachte einen Calvados schwenkte. Das Angebot, sich Obst in

Form eines Williams Christ einzuverleiben, hatte sie zugunsten des vergeistigten normannischen Apfels zurückgewiesen. Sie schwieg und lächelte ein verrutschtes Lächeln, begleitet von ihrem Haar, dem sie Freiheit von den Ohrklammern gewährt hatte. Ich betrachtete ohne Eile ihre schmale, etwas zu kurz geratene Nase, ihre Stirn, die sie beim Nachdenken zu furchen pflegte, die Mona-Lisa-Lippen und die feingliedrigen Hände. Es war dieser Moment, als ich begriff: Ich liebte sie. Ich liebte diese Frau – uneingeschränkt, ohne Aber, ja, *ganzheitlich*.

Später versuchte ich mich zu erinnern, was ich in eben diesem Moment empfunden hatte: War es ein Schock? War es wie damals, vor Jahrzehnten, bei Sophie? Oder anders? Wie bei den Anfällen von Verliebtheit, die mich nach ihrem Tod um- und in eine verfehlte Ehe getrieben hatten? Oder war dies jetzt der ultimative Irrtum? Irrtum deshalb, weil es nach Sophie nichts mehr geben konnte?

Ich horchte in mich hinein. Was ich spürte, waren Faszination und Schmerz. Eine ungewöhnliche Mischung, gestand ich mir ein. Aber das war es: Faszination und Schmerz, während ich Fiona ansah, wie sie sehr still und in sich gekehrt in Großvaters altem Sessel saß. Was mochte ihr durch den Kopf gehen? Vor allem aber: Wie sollte ich ihr sagen, was geschehen war? Ihr, die noch vor Tagen mit gewohnter Bestimmtheit verkündet hatte, dass wir keine Freunde seien? Sollte der erklärte Nicht-Freund ihr gestehen: »Ich liebe Sie, Fiona«? War das überhaupt glaubwürdig? War ich mir ganz sicher?

»Welche Gedanken treiben Sie um, Tom?«, fragte Fiona plötzlich. »Sie sind stumm geworden und ich sehe, dass etwas in Ihnen arbeitet.«

Sie gab das Stichwort. Jetzt hätte ich sagen sollen: »Fiona, ich liebe Sie.« Ich hätte aufstehen und ihre Hand ergreifen oder sie in die Arme nehmen können. Aber ich tat es nicht. Irgendetwas hielt mich zurück. Vielleicht wollte ich die ersten Stunden des bewussten Wahrnehmens dieser Liebe für mich allein erleben und sie abtasten auf ihre Tragfähigkeit. Oder hatte ich Angst vor Fionas Reaktion? Ich, der renommierte Journalist, Buchautor und Interviewpartner, war nicht sicher, ob ich Fionas Reaktion gewachsen war, wie immer sie ausfiele. Das war eine durchaus niederschmetternde Erkenntnis.

Fiona hob ihr Glas. »Ein letzter Schluck, verbunden mit einem herzlichen Dank für den Ausflug inklusive Festmahl und Digestif«, sagte sie, »und dann wird es Zeit zu gehen. Die Katzen werden sich wundern, wo ich geblieben bin.«

Sie riss mich aus dem Gedankenfluss. »Bleibt es bei der üblichen Zeremonie am Abend?«, fragte ich, nachdem ich mich einigermaßen gesammelt hatte.

»Aber gewiss doch«, antwortete sie und fügte hinzu: »Ich hatte Sie schließlich zu einem besonderen gurgle eingeladen. Und nebenbei: An unseren Abendtrunk habe ich mich irgendwie schon gewöhnt.«

Sie wandte sich noch einmal um und winkte, ehe sie durch die Büsche in ihrem Garten verschwand.

Ich genehmigte mir noch ein winziges normannisches Äpfelchen – wegen der Ausbalancierung des seelischen Gleichgewichts – und machte mich an den Stapel ungeöffneter Zeitungen und Postsendungen. Was ich gelesen hatte, wusste ich kurz danach nicht mehr, und als ich acht Minuten vor sieben, die obligatorische Flasche Gutedel im Arm, an Fionas Tür läutete, war ich mit der Entflechtung meiner Überlegungen noch keinen nennenswerten Schritt vorangekommen.

Zum ersten Mal empfand ich die Katzen als willkommene Abwechslung. Beide hatten sich an mein regelmäßiges Erscheinen gewöhnt. Der kleine Schwarze strich zum Willkommen freundlich um meine Beine, wobei er an meinen hellen Flanellhosen eine dunkelfellige Begrüßungsspur hinterließ. Bini, die rötliche Tigerin, hielt sich eher fern, bis sie, wenn es niemand mehr erwartete, über Sofa- und Sessellehne auf meinen Schoß kletterte und sich mit durchaus energischen

Beinbewegungen einen für sie angenehmen Sitz- und Liegeplatz bereitete.

Ich streichelte ihren Rücken, liebkoste ihre Ohren und verfolgte, wie Fiona mit raschem, elegantem Schwung Gläser, Teller und Besteck auf den Tisch zwischen uns platzierte.

»Am Tag eins nach meinem Geburtstag gibt es ausnahmsweise zum gurgle auch etwas zu essen«, erklärte sie mir.

»Ausnahmsweise«, wiederholte ich und kraulte die Katze. »Dann darf ich«, sagte ich, als das Läuten verklungen war, »auch ausnahmsweise einen Trinkspruch ausbringen: Auf Fiona, die Frau, die ich liebe.«

Katze Bini sprang von meinem Schoß und verließ das Zimmer erhobenen Schwanzes. Fiona schaute still in ihr Glas, als ob sie dort eine Antwort finden würde.

Verdammter Impuls, schalt ich mich. Ich hätte es nicht aussprechen sollen.

Fiona hielt ihr Glas auf halber Höhe, warf einen Blick zu mir herüber und versuchte ein Lächeln. Es gelang ihr nicht recht. »Darauf«, sagte sie dann, »darf ich gerechterweise nicht trinken. Das ist Ihre Sache, Tom.« Dann zeigte sie mir doch einen Ansatz von Mona Lisa, der ihr, fand ich, sehr gut stand.

Ich trank den Schluck ohne ihre Begleitung und fand die Fortsetzung: »Trinken wir auf uns«, schlug ich vor. Das akzeptierte sie, war aber sichtlich gehemmt.

»Liebe ist kein Vorrecht der Jugend, Fiona«, sagte ich in das Vakuum.

»Ich bin da nicht so sicher«, meinte sie.

Immerhin, dachte ich, wischt sie das Thema nicht gleich vom Tisch. »Alter gibt der Liebe eine andere Qualität«, fuhr ich, nun doch ein wenig beklommen, fort.

»Wohl möglich. Ich will Ihnen nicht widersprechen, weil ich es nicht beurteilen kann.«

Die Antwort war eindeutig: Sie konnte *es nicht beurteilen*, weil sie diese Empfindung nicht teilte.

»Gibt es *die Liebe* überhaupt?«, begann ich nach zwei Schlucken von Neuem. »Oder ist nicht jede Begegnung auf dieser emotionalen Ebene anders? Anders in ihren äußeren und inneren Umständen? Anders in ihrer Intensität?«

Sie kehrte mit der Gabel den letzten Rest Salat auf ihrem Teller zusammen. »Ich habe Joss geliebt, das wissen Sie, Tom. Es war, meine ich, die Liebe meines Lebens. Danach kann einfach nichts mehr kommen. Bitte versuchen Sie, das zu verstehen. Das hat auch etwas mit Treue zu tun. Möchten Sie noch Salat? Es ist, wie Sie sehen, noch etwas da.«

»Nein, danke, Fiona.« Ich schenkte Wein nach, den sie annahm. Nach einer längeren Pause, in der die Katze auf meinen Schoß zurückkehrte und zu schnurren begann, sagte ich: »Zwischen mir und Sophie war es ähnlich. Es war die große Liebe, die Liebe meines Lebens, könnte ich – wie Sie vorhin – sagen, doch da gibt es noch eine Fortsetzung. Liebe endet nicht mit dem Tod, aber, Fiona, sie wächst auch nicht weiter. Und so gewährt sie Freiheit.«

»Freiheit, neu zu lieben?« Sie wiegte den Kopf, dies bedenkend, erst nach links, dann nach rechts. Wenigstens folgte sie mir in meiner Argumentation, ohne sie sofort zurückzuweisen.

»Die Freiheit weiterzuleben«, sagte ich. »Ohne diese Freiheit würden wir zugrunde gehen.«

»War Ihnen das damals klar, als Ihre Frau starb?«

»Nein. Damals hoffte ich, dass mich ein baldiger Tod vor der weiteren Existenz bewahren würde. Er tat es nicht. Dann wollte ich ins Kloster gehen, in eines von denen, wo viel körperlich gearbeitet wird. Damit, glaubte ich, wäre ich wenigstens noch von einigem Nutzen.«

»Aber Sie sind nicht ins Kloster gegangen, wie ich feststelle. Es wäre auch schade gewesen, wenn Sie Ihr Dasein im Kräutergarten der Heiligen Brüder von Barmen gefristet hätten – Sie mit Ihren Talenten.« Die Vorstellung von mir im Klostergarten schien sie erheblich zu erheitern. »Haben Sie da wenigstens mal probegearbeitet? Kann man doch heute. Oder?«

»Hab ich nicht.« Ihre Heiterkeit durchbrach die Spannung zwischen uns und steckte an. »Ich wollte es, aber bei rechtzeitigen Recherchen stellte ich fest, dass der Klosterwein in äußerst geringen Dosen verabreicht wurde und das auch nur an hohen Feiertagen. Sie werden verstehen, dass dies meine sonst edlen Absichten durchkreuzen musste.« Ich lachte und trank ihr zu: »Der hier mundet sicher besser als jeder Klosterwein!«

Bini sprang von meinem Schoß und verdrückte sich.

»Wie haben Sie sich aus der großen Krise gezogen? Sie müssen darauf nicht antworten, Tom, aber es interessiert mich«, nahm Fiona das Gespräch wieder auf.

»Es sagt sich leicht, war aber harte Arbeit. Mit Hilfe einer Gruppe lernte ich, den Schmerz zu zügeln und mit der Trauer zu leben. Dinge, die man akzeptiert, verlieren ihre zerstörerische Wirkung. Ich habe das gelernt, also, und ich habe mich auf die eigene Kraft besonnen, die Kreativität, meine Begabung. Und ich begann, meine alten Kontakte zu Kollegen, Redaktionen und Verlagen zu reaktivieren. Ich hatte Glück, durfte zu wissenschaftlichen Kongressen reisen, in Wissenschaftszentren recherchieren, schließlich mehrere Jahre als Korrespondent in den USA arbeiten. Ich stürzte mich regelrecht in die Arbeit. Da kam schließlich auch der Erfolg.«

»Und neue Liebe.«

Ich sah sie verblüfft an. Diesen Satz hatte ich von ihr nicht erwartet.

»Es kam das, was ich als Liebe missverstand, was in eine missglückte Ehe und ein paar Affären mündete. Ist diese Antwort für Sie zufriedenstellend?«

»Ich bin Ihnen doch nicht zu nahe getreten?«, fragte sie erschrocken.

»Das sind Sie nicht. Fragen Sie, was Sie fragen möchten. Mir liegt daran, dass Sie ein vollständiges Bild von mir erhalten.« Ich verschluckte den Halbsatz *weil ich Sie liebe*. Aus irgendeinem Grund fiel mir ein Vers von Hafis ein:

Am Anfang schien die Liebe leicht,
die dann zum Rätsel ward.

Es war mir in der Tat ein Rätsel, wie ich Fiona für diese Liebe gewinnen konnte. Oder war dies a priori unmöglich?

»Darf ich Ihnen eine sehr persönliche Frage stellen?« Ich nutzte eine Pause, in der wir gemeinsam das Geschirr zusammenräumten und auf die Ablage vor ihrer Durchreiche stellten.

»Sie dürfen.« Sie setzte sich wieder.

»Wie sind Sie mit dem Verlust von Joss fertiggeworden? Oder sind Sie noch nicht fertig damit?«

»Im Gegensatz zu Ihnen hatte ich keine Therapiegruppe als Stütze. Ich habe meinen Weg in sehr langen Überlegungen gefunden und bin zu einem ähnlichen Resultat gekommen wie Sie. Joss starb während einer Deutschlandreise. Ich bin anschließend nach London zurückgekehrt, habe dort mehrere Jahre in der Sozialarbeit geholfen und nebenbei meine künstlerischen Studien ein wenig weiter betrieben. Das alles half mir. Am meisten halfen mir die Kinder, die mich brauchten, obwohl sie längst ausgeflogen waren.« Sie nahm einen Schluck, bevor sie fortfuhr. »Der Schmerz über Joss' Tod überfällt mich noch hin und wieder. Joss fehlt mir besonders dann, wenn sich Erinnerungen aufdrängen, bei einer Bahnfahrt zum Beispiel oder beim Anblick einer Blume, die er besonders liebte. Aber dieser Schmerz flacht ab. Die Trauer ist geblieben, ich habe sie sozusagen absorbiert als Teil meines Lebens, als Teil meiner selbst. Das, denke ich, ist, was Sie Freiheit nennen. Ich fühle mich, wenn ich's recht bedenke, wirklich frei.«

»Sie sind eine starke Frau, Fiona.«

»Ich weiß es nicht. Wenn dem so ist« – sie sagte wirklich *wenn dem so ist* – »liegt das eventuell daran, dass ich mich nicht in den Mittelpunkt allen Denkens schiebe und nicht dauernd nach der eigenen Befindlichkeit forsche.«

»Charakter haben Sie auch.«

»Und hier noch eine Flasche besonderen Rotweins«, beeilte sie sich, mir das Wort abzuschneiden, während ich ihr exquisites Deutsch, den herrlichen Mengengenitiv bewunderte. »Davon trinken wir noch jeder ein Glas zum Abschluss eines wunderbaren Tages«, kündigte sie an. »Und sprechen bitte nicht mehr von mir. Einverstanden?«

Ich wurde einer Antwort enthoben, weil Bini, die rötliche Tigerin mit weißem Bauch und weißen Pfoten, nun auf Letzteren ins Zimmer huschte und dabei eigenartige Geräusche ausstieß. »Sie hat was im Maul«, stellte ich fest.

Fiona sprang blitzartig auf, riss die Tür zum Balkon auf und schrie: »Raus hier, Bini!«

Bini erlaubte sich, die Aufforderung zu ignorieren. Sie hatte allerdings nicht mit mir gerechnet. Mit einem spontanen Griff packte ich sie am Fellkragen und beförderte sie nach draußen, wo sie ihren Fang vor Schreck über die Überrumpelung fallen ließ.

»Die Maus ist tot, Gott sei Dank«, seufzte Fiona erleichtert.

»Einem Herzschlag erlegen«, vermutete ich – die Maus möge mir vergeben – recht vergnügt.

»Danke für den Beistand, Tom.«

»Ist doch hin und wieder gut, einen Mann im Haus zu haben«, machte ich ihr klar und bemühte mich dabei, bescheiden auszusehen, was mir hoffentlich glückte.

Fiona widersprach nicht. Auch dann nicht, als ich sie zum Abschied auf beide Wangen küsste. Obwohl man das unter Nicht-Freunden nicht tut.

Fiona

»Hallo, Mum. Wie geht es dir?«

Mick rief kurz nach halb sieben an, als ich mich auf Toms Besuch vorbereitete. Das hieß: Gläser bereit und, sofern noch vorhanden, eine frischgeschnittene Blume auf den Tisch stellen. Und auch: Arbeitsanzug durch Hausanzug ersetzen, Katzen versorgen, damit sie uns nicht mit Hungergeschrei störten, und Anrufbeantworter aktivieren.

»Mir geht's gut, danke. Und dir, Mick?«

»Auch irgendwie. Was machen die lieben Tierlein?«

»Schlafen.«

»Und die Beziehungskiste?«

»Was meinst du mit ›Beziehungskiste‹?« Plötzlich wurde ich wachsam.

»Na, DVD und so.« Mick sprach im Stakkato, wie meistens.

»Würde es dir etwas ausmachen, nicht mehr von DVD zu sprechen?«

»Ach, seid ihr wieder gute Feinde?«

»Lass das«, sagte ich ärgerlich. »Ich meine, du sollst aufhören, Tom DVD zu nennen. Das ist überholt.«

»Ha! Also doch was im Busch«, folgerte Mick, respektlos, wie er bisweilen war.

»Mick, damit das ein für allemal klar ist: Tom Wendt ist mein Nachbar, ein sehr guter sogar, und ich mag es, mit ihm über alles Mögliche zu diskutieren. Dazu brauche ich dich und deine Schwester nicht um Erlaubnis zu fragen. Hast du das begriffen?« Ich sprach langsam und betont deutlich.

»Ja, okay, Mum. Nichts für ungut. Wir reden dir nicht rein, glaub mir.«

»In Ordnung. Und sonst?«

»Nichts. Just a social call.«*

»Umso besser. Dann wünsche ich dir und Martina einen erfreulichen Abend.«

Martina war seine derzeitige Freundin oder – wie man das durchaus realitätsbewusst nannte – Lebensabschnittsgefährtin. Ich bedauerte gelegentlich, dass Mick keine bürgerliche Familie gründete. Ihm das zu offenbaren, erlaubte ich mir allerdings nicht. Ich wollte eine moderne Mutter sein.

»Also dann, Mum, halt die Ohren steif!«

Mick legte auf. Dialoge dieser Art wiederholten sich etwa alle drei Tage, waren austauschbar in ihrer Inhaltslosigkeit, doch sie hielten die Verbindung zwischen uns aufrecht.

DVD! Das Kürzel hatte ich fast vergessen. Es schien lange her zu sein, dass ich mich über den *Paragrafenreiter* von nebenan ereifern konnte, den Mann, der den kleinen Nussbaum teilen wollte, indem er 50 Prozent davon beanspruchte und mir damit die Umpflanzung verweigerte. Long ago and far away.** Und nun ein Dilemma völlig anderer Art: Tom liebte mich. Es gab keinen Grund, daran zu zweifeln. Nur: Ich konnte es nicht erwidern. Ich wollte das nicht. Für mich war alles, was Liebe ausmachte – der Inbegriff des Einsseins – längst Vergangenheit, zudem zutiefst mit Joss verbunden. Da war kein Platz für Tom, nirgendwo.

Ich hatte vor langer Zeit die Grenzen abgesteckt. Zutritt verboten. Dieses imaginäre Schild hängte ich mir um, als Tom erschien, lächelnd, die Flasche wie gewohnt unter dem Arm und eine Rose in der Hand. Die Rose weckte spontanes Unbehagen. Ich wollte über ein ganz bestimmtes Thema nicht mehr mit ihm sprechen.

Tom wirkte unbekümmert, gab mir einen Kuss auf die Wange und die Rose in die Hand. »Die hab ich noch gefunden!«

* Wollte nur mal hören, wie es geht.

** Ewig lange her.

»Etwa an meinen Rosenstöcken?« Ich zog die Augenbrauen hoch.

»Wo sonst?« Er stellte die Flasche auf den Tisch. »Es ist gleich sieben«, bemerkte er.

Ich schob ihm die leeren Gläser zu. Das Sieben-Uhr-Läuten untermalte unser gewohntes Zusammensein und weil Tom über alle Dinge außer Liebe sprach, entspannte ich mich allmählich. Allerdings nur für kurze Zeit.

»Ich muss Ihnen etwas sagen«, begann er. Bei mir schrillten wieder die Alarmglocken. Ich schwieg.

»Diese Abendstunde ist vorerst die letzte gemeinsame.«

Ich erschrak. Wollte er sich zurückziehen angesichts der unumstößlichen Tatsache, dass ich seine Liebe nicht erwidern wollte oder konnte? »Warum denn?«, fragte ich, nicht ohne Besorgnis.

»Weil ich mich mit Nachdruck meinem Manuskript widmen muss. Den Abgabetermin, ursprünglich der 31. Dezember, also in vier Wochen, habe ich hinausschieben können, aber Ende Januar ist endgültig Schluss. Da muss ich fertig sein oder das ganze Projekt wird gestrichen. Wenn ich aber jeden Abend hier bei Ihnen hocke, eine Verabredung, die mich – aus gewissen nicht näher zu bezeichnenden Gründen – sehr beschäftigt, kann ich nicht so intensiv arbeiten, wie ich es sollte. Daher: Machen wir ein paar Wochen Pause, Fiona.«

Ich schluckte. Ihn nicht mehr täglich zu sehen, brachte mich aus dem Gleichgewicht. Unsere Gespräche, mal ernst, mal heiter, oft ungezwungen und lebhaft, waren die Basis unserer Beziehung, wie immer man sie einordnen wollte. Ließen sie sich überhaupt in irgendeine Schublade stecken? Ohne diese tägliche knappe Stunde mit Tom, die durchaus länger währen konnte, würde meinem Tag ein tragender Pfeiler wegbrechen.

Tom wartete auf eine Antwort. Schließlich sagte ich: »Ihre Arbeit hat Vorrang. Das verstehe ich vollkommen.«

Er lächelte: »Vollkommen ist nichts auf dieser Welt, Fiona.«

»Das ist richtig.«

»Dieser Satz hat eine kleine Geschichte«, fuhr er fort und schien sich daran zu freuen. »Als junger Journalist lieferte ich meinem Redakteur, einem imposanten Weißschopf, einen Artikel ab, in dem ich irgendetwas, ich weiß nicht mehr was, mit dem Adjektiv *vollkommen* versah. Der Redakteur sah mich über den Rand seiner dicken Hornbrille an und sagte: ›Junger Mann, merken Sie sich das für alle Zeiten. Nichts ist vollkommen auf dieser Welt.‹ Es hat mich ungeheuer beeindruckt.«

»Das merke ich. Der Mann hatte zweifellos recht. Außerdem: Wer könnte denn wirklich beurteilen, was vollkommen ist? Vollkommen ist relativ.«

»Und die Beurteilung hängt manchmal allein davon ab, ob einer angeheitert ist oder unter chronischen Blähungen leidet.«

Tom lachte. Er schien bester Stimmung zu sein, während ich damit befasst war, mich mit dem Gedanken an die künftig leeren Abende vertraut zu machen. Das schlug mir auf den Magen.

»Ich kann heute, glaube ich, den kühlen Weißwein nicht vertragen«, sagte ich. »Bedaure. Ich brauche etwas anderes.«

»Was haben Sie denn im Haus?«

»Nur noch Rotwein, und danach ist mir auch nicht so recht. Ich brauche etwas Stärkeres.« Ich konnte mir nicht erklären, wieso mein Magen protestierte.

Tom stand auf. »Ich hole etwas von mir herüber. Obst ist, wie Sie wissen, gesund. Was hätten Sie denn gern: Apfel oder Birne? Pfirsich und Orange habe ich unter Umständen auch noch irgendwo.«

»Bitte keine zusätzlichen Umstände«, wehrte ich ab. »Ich nehme gern eine Birne.«

Nach viereinhalb Minuten war Tom wieder da. Er hatte die Haustür angelehnt, was beide Katzen sogleich zur abendlichen Inspektion der näheren Nachbarschaft nutzten, während ich meine Magennerven unter Kontrolle zu halten versuchte.

Tom öffnete eine extrem schlanke, durchsichtige Flasche, deren noch vorhandener Inhalt – etwa ein Drittel – auf regen Zuspruch schließen ließ. Aus der Jackentasche zog er zwei kleine Gläser. »So. Und nun genießen Sie erst mal das Bukett dieser hervorragenden Obstsorte und dann führen Sie Ihrem Magen die Medizin zu, die ihre Wirkung bei mir noch nie verfehlt hat.« Er lächelte. Ich verfolgte, wie dieses Lächeln in den Fältchen der Mundwinkel begann und sich bis zu den Augen fortpflanzte. Ich mochte dieses langsame Lächeln, das mir zugewandt war, und es würde mir fehlen. Ich nahm einen Blick voll in mich auf, quasi als Vorrat für Wochen, in denen wir uns nicht sehen würden.

Der Williams Christ wärmte meine Magenwände und besänftigte die Nerven. »Sie sind auch ein guter Notarzt«, sagte ich und bemühte mich um die heitere Gelassenheit, die er ausstrahlte. Ich betrachtete zum ersten Mal eingehend seine Hände, die schmal, langfingrig und sehr gepflegt waren und eine gewisse Energie verrieten.

»Notarzt? Das sicher nicht«, wehrte er ab. »Ich weiß allerdings, was guttut. Und diese feine Birne beruhigt aufgeregte Nerven.«

»Schreiben Sie auch an den Weihnachtstagen?«, erkundigte ich mich – hoffte ich – beiläufig.

»Ach herrje, die drohen uns ja auch.«

»Allerdings.«

»Da soll ich Phil und seine Frau besuchen, jedenfalls kommen sie jedes Jahr mit einer Einladung. Lust dazu habe ich nicht.«

»Dann lassen Sie es doch. Wahrscheinlich ist Ihr Besuch auch für die beiden ein Pflichttermin, vor dem ihnen graut. Sie würden womöglich viel lieber Skiurlaub machen und das lauteste aller Konsumfeste in einer stillen Berghütte vergessen.«

»Das, Fiona, ist eine vorzügliche Idee. Die will ich Phil unterbreiten. Ich wette, den Vorschlag nimmt er an. Und wie sieht es bei Ihnen aus?«

»Früher kam Sara mit ihren Kindern zu mir. Diesen Stress will ich mir aber in diesem Jahr, das mit Umzug und Eingewöhnen nicht leicht war, ersparen. Ich bin 71. Ein-und-siebzig! Man muss in diesem hohen Alter …«

»… auch Nein sagen können«, vollendete Tom. »Das haben Sie ja erkannt. Und genau das werden wir beide tun!«

»Gilt die Sieben-Uhr-Läuten-Abstinenz auch über Weihnachten und Neujahr?«

Plötzlich fühlte ich mich besser. Wahrscheinlich lag es an dem, was Tom *das Birnchen* nannte.

»Da, denke ich, mache ich eine Pause von der Pause und werde erst im Januar wieder mit voller Kraft voraus weiterschreiben. Wollten Sie eventuell vorschlagen, dass wir an Weihnachten gemeinsam an fettem Gänsebraten nagen?« Er grinste wieder wie ein kleiner Junge, der sich seiner Sache nicht sicher ist, dies aber niemanden merken lassen will.

»Wenn Sie an fettem Gänsebraten nagen wollen, sollten Sie in den Pfauen oder Bären gehen. Bei mir wird es irgendetwas mit Basmati- oder Naturreis, Hühnchen und Gemüse geben und Obstsalat und vorneweg, sagen wir mal, ein Mandelsüppchen.«

»Gebongt, Frau Wirtin!«, rief Tom lachend.

»Mal im Ernst«, warf ich ein, »möchten Sie zum Essen kommen?«

»Wenn ich darf? Ich würde auch den Tisch decken und den Baum anzünden, falls Sie einen haben sollten.«

»Wenn Sie den Baum anzünden, gibt es erstens Feuer, zweitens Krach mit mir und drittens eine saftige Rechnung. Es wird aber keinen Baum geben.«

»Schade. Ich hatte all die Jahre keinen.«

»Nichts zu machen, mein Herr.«

»Bei mir im Garten ist mindestens einer schlachtreif«, wandte er ein. »Der wird sonst viel zu hoch. Ihr Herr ...mann könnte ihn absägen. Ja?«

»Na denn. Aber nicht anzünden, bitte. Ist das klar?«

Tom nickte fröhlich.

Das Birnchen war weitgehend aufgezehrt, als mir etwas einfiel. »Wenn wir uns bis Weihnachten und danach im Januar nicht sehen werden, ist dann jegliche Kommunikation ausgeschlossen? Telefonieren mag ich nicht, das würde Sie womöglich in einem eminent wichtigen Gedankengang stören und Sie kämen aus dem Konzept.«

»Könnte sein. Sind Sie online?«

»Natürlich.«

»Da könnten wir per Mail in Kontakt bleiben, ohne dass einer von uns bei der Arbeit unterbrochen wird. Was halten Sie davon?«

»Ganz viel.« Ich holte Block und Stift. Wir tauschten unsere Adressen aus.

Als Tom etwas verspätet ging, waren wir beide in heiterster Gemütsverfassung, und ich fand nichts dabei, dass er mir einen Kuss auf beide Wangen drückte, einen auf jede Wange, versteht sich.

Am nächsten Morgen kam seine erste Mail:

Guten Morgen, liebste aller Fionas. Ich wünsche Dir einen interessanten Tag. Vergiss das Sieben-Uhr-Läuten nicht. Tom.

Das, dachte ich mir, war eine Unverschämtheit! Wer hatte ihm erlaubt, mich mit Du anzureden? Ich jedenfalls nicht. Ich klickte auf *Antworten*, um ihm eine passende Erwiderung hinüberzuschicken. Dann hielt ich inne. Was, wenn es ein Versehen war? Wenn er gar nicht bemerkt hätte, dass er die

Vertraulichkeit zwischen uns um eine Stufe angehoben hatte? Nein, ich würde zunächst nicht antworten. Vielleicht käme noch eine Entschuldigung für sein Verhalten. Sie kam aber nicht – alle halbe Stunde sah ich nach, dann gab ich auf.

Punkt 19 Uhr, mit dem Klang der Glocke, hob ich mein Glas – und vergaß, es zum Mund zu führen. Ich dachte an Toms Gesicht. An sein Lächeln. An den Ernst und die Leidenschaft, mit denen er seine Überzeugungen vertrat. An seine Hände. Schöne Hände. An seine weiße Mähne, die manchmal in seine Stirn fiel. An seinen Trinkspruch: *Auf Fiona, die Frau, die ich liebe.* An mein Erschrecken. Meine Ratlosigkeit.

Ich schüttelte heftig den Kopf, um diese Gedanken zu vertreiben, entdeckte das halb erhobene Glas und trank endlich den gewohnten Schluck Wein.

Die Glocke im Kirchtürmlein hatte bereits erschöpft aufgegeben. Der Klang schien noch in der Luft zu vibrieren, als ich das Glas absetzte und auf einmal wusste: Tom war nicht mehr zu verdrängen. Der kluge, warmherzige, humorvolle, nachdenkliche, spontane Tom.

Ich warf den Computer an, öffnete das Postfach und klickte auf *Schreiben.* Es waren nur drei Wörter: *Ich liebe Dich.* Aber diese drei Wörter lösten ein mittleres Erdbeben aus.

Zehn Minuten später läutete es Sturm an meiner Haustür. Tom drängte herein, nahm mein Gesicht in beide Hände und sagte: »Endlich hast du's begriffen. Danke, Fiona.«

Sein Kuss schmeckte nach Williams Christ. »Man soll niemanden wegen Obstgenusses kritisieren«, dachte ich laut.

Tom lachte. »Ich wusste es übrigens«, sagte er.

»Was denn?«

»Dass du mich liebst.«

»Wie konntest du das wissen, ehe ich selbst es wusste?«

»Ich sah es an deinem Gesicht gestern Abend, das deine Enttäuschung über die Pause zwischen uns verriet, und dann an deinem Blick, der lange mit meinen Händen beschäftigt war.«

Tom zog eine Flasche aus der Tasche seines Mantels, den er zum Schutz gegen den Schneeregen übergeworfen hatte. »Wir feiern heute den Tag der Kapitulation vor der Liebe«, verkündete er.

Es wurde eine lange Feier.

»Bist du sicher, Tom Wendt, dass es Liebe ist und nicht ein vorübergehender Rausch?«

»Du fragst mich das, weil ich darin Erfahrung habe. Ist dir das wirklich nie passiert? Ich meine, hast du dich nie verliebt?«

»In jungen Jahren, doch, nicht nur einmal, mit all dem Katzenjammer danach. Dann kam Joss und das war Liebe. Danach? Nichts mehr. Kein Anflug. Wozu auch?«

»Bist du«, Tom hob den Zeigefinger, »in mich verliebt?«

»Ganz sicher nicht. Ich liebe dich – du hast den Ausdruck, glaube ich, einmal gebraucht – ganzheitlich. Meine Liebe zu dir ist auch nicht blind. Ich möchte dich in allen Facetten deines Seins kennenlernen, dich in allem verstehen lernen, auch dann, wenn es meinen Auffassungen widerspricht.«

»Das gilt auch umgekehrt. Verliebtsein macht blind, Liebe macht sehend, Fiona. Sie vertieft den Wunsch und die Bereitschaft, sich uneingeschränkt zu öffnen und den anderen teilhaben zu lassen, was ja nicht ohne Risiko ist. Vielleicht ist auch Liebe an sich ein Risiko, zumindest wenn sie jung ist.«

Er schwieg und schaute mich mit seinem langsamen Lächeln an. Ich füllte unsere Gläser.

»Wir stehen erst am Anfang«, sagte ich nach einer Weile. »Diese Wende in meinem Leben muss ich erst einmal begreifen lernen – und das auch wörtlich. Es ist ein unbeschreibliches Gefühl. Eine ganz tiefe Ruhe befällt mich und zur selben Zeit empfinde ich eine Art Sturm und Drang.«

»Ich auch. Und wieder einmal merken wir, dass Gefühle nicht altern, im Gegensatz zum Körper …«

Bini trabte herein und wollte den Sessel ansteuern, in dem Tom normalerweise zu finden war. Aber heute war nichts normal. Das schien auch sie zu bemerken. Eine Zeitlang stand sie in der Nähe des Sofas, auf dem Tom und ich saßen, und schaute von einem zum anderen, bis sie entschlossen über die Lehne und meinen Schoß, den sie zu verachten schien, zu Tom spazierte, auf dessen Beinen sie sich nach einigen Drehungen niederließ.

»Ich schließe die Katzen in die Liebe zu dir ein«, lächelte er.

»Du meinst das, was du als Privatzoo verunglimpft hast.«

»Ach, das war noch vor Adam und Eva. Kannst du mir verzeihen?« Er versuchte vergeblich, zerknirscht auszusehen.

»Das Gericht zieht sich zur Beratung zurück«, erklärte ich und stand auf, um uns in der Küche etwas zu essen zu organisieren.

»Sind wir noch immer Nicht-Freunde?«, wollte ich wissen, als ich zurückkehrte, auf einem Teller Häppchen mit geräucherten Forellenfilets balancierend.

»Natürlich sind wir noch immer Nicht-Freunde. Aber das kann sich schließlich ändern.« Er kostete einen Forellenhappen und nickte anerkennend. »Sehr gut, danke, liebste aller Fionas.«

»Meerrettich konnte ich leider so schnell nicht beschaffen.«

»Macht doch nichts. Bei mir geht Liebe nämlich nicht durch den Magen, sondern …«

»… durch Mark und Bein«, vollendete ich.

»So würde ich es nicht ausdrücken. Liebe geht direkt durchs Herz und von dort unter die Haut. Liebe macht nicht vor dem Körper Halt.«

»Wenn man jung ist«, schränkte ich ein.

»Auch wenn man alt ist«, berichtigte er. »Dies ist ja der große Irrtum, Fiona, dass, wenn es denn schon noch Liebe im Alter geben sollte, diese sich keusch zu äußern habe.«

»Wegen des Anstands und der Sitte, nicht?«

»Weil man seine Bedürfnisse nach Ablauf des körperlichen Haltbarkeitsdatums ausgelebt haben soll«, meinte Tom sarkastisch. »Auch da werden wieder Dinge verwechselt oder ignoriert.« Er griff sich noch ein Forellenhäppchen. »Liebe findet ihren Ausdruck auch in dem Wunsch, dem anderen *in allem* so nahe wie möglich zu sein. Das ist in den vergangenen Jahrzehnten zum sogenannten Sex verkommen oder ausgeartet, einer Art Partnerschaftsleistungssport. In der Hinsicht ist im Alter natürlich der Ofen aus.«

»Darüber habe ich noch gar nicht nachgedacht«, gestand ich. »Ich fürchte, ich habe vieles zu lernen, und ich lerne es von dir.«

»*Mit mir,* liebste aller Frauen«, sagte Tom, strich seine weiße Mähne zurück, bat Bini um Verzeihung wegen der Störung und küsste mich.

»Wie soll es denn nun weitergehen, ganz praktisch?«, fragte ich nach dieser Unterbrechung. »Willst du hier einziehen?«

»Nein, Fiona. Dafür bietet dein Fachwerkschlösschen derzeit nicht genügend Platz. Vielleicht müsste man noch etwas umbauen. Ich wohne vorerst weiter nebenan, meinen Mietvertrag habe ich um ein halbes Jahr verlängert, und dann entscheiden wir, wie wir miteinander leben werden, ohne unsere Freiräume zu sehr einzuschränken.«

»Und die Kinder? Wann bringen wir den dreien samt Anhang diese Wende bei?«

»Lass uns das in Ruhe überlegen. Bald ist Weihnachten. Bis dahin fällt uns etwas ein.«

»Ich weiß was.« Ich hob den Finger wie in der Schule. »Ich verstehe gut, dass du die gemeinsame Abendstunde ausfallen lässt, um ohne Zeitdruck weiterschreiben zu können. Was hältst du davon, wenn du stattdessen morgens zum Frühstück kommst? Vorher wirst du doch nicht am Schreibtisch sitzen.«

Tom gab mir einen Kuss auf die Nase. »Du steckst voller guter Ideen. Ich werde zur Stelle sein. Wann?«

»Um acht? Später? Früher? Ich kann mir das einteilen.«

»Um acht wäre gut. Dann könnte ich um neun zum Tagewerk schreiten.«

»Kaffee oder Tee? Wurst? Käse? Gelee? Honig? Müsli?«

Er lachte. »Tee sehr gern, selbstverständlich englisch, keine Wurst, keinen Käse, kein Müsli, aber Joghurt mit Früchten und Honig, wenn du das hast. Nichts meinetwegen anschaffen. Joghurt bringe ich mit, Früchte auch. Ja?«

»Fangen wir erst mal morgen an mit dem, was wir vorrätig haben. Die Fortsetzung ergibt sich von selbst. Wir tun beide, was wir mögen. Wir sind nämlich frei!«

»Recht gesprochen, Eure Majestät. Wie sagte euer Shakespeare? *Wie es euch gefällt.*«

Es gefiel uns auch sonst noch einiges an diesem Abend.

Tom

Es war kein lautes, geschwätziges Glück. Es war ein Glück der kleinen Gesten und Botschaften. Für mich war dies eine bisher unbekannte Erfahrung.

»Wir waren wie zwei Hälften, die zueinander strebten, ohne es zu wissen«, sagte Fiona einmal. »Das hat nichts mit Joss oder Sophie zu tun, sie sind fest in uns verankert. Das schier Unglaubliche für mich ist, dass es die Liebe nach der Liebe gibt.« Sie sah mich mit ihren warmen braunen Augen über den Frühstückstisch hinweg an.

Die Stunde zwischen acht und neun am Morgen wurde für mich zum Mittelpunkt des Tages. Fiona hatte mir beim ersten Mal einen Hausschlüssel auf meinen von da an ständigen Platz am Tisch gelegt. Ich benutzte ihn allerdings selten: Meistens erspähte sie mich, bevor ich die Tür erreichte.

Ich gewöhnte mir an, ihr einen Zettel mit einem Gedicht oder einem Spruch unter den Teller, die Serviette oder ihr Sitzkissen zu schmuggeln, und weidete mich mit diebischem Vergnügen daran, wie sie vermeintlich unauffällig danach zu suchen begann, wenn sie den Zettel nicht sofort fand.

Tagsüber kommunizierten wir elektronisch: Lebenszeichen per Mail. Manchmal hatte ich mein Tagespensum bereits vor dem Abend erreicht und erschien dann – nicht ohne Voranmeldung – zu unserer üblichen Zeremonie.

»Du brauchst dich doch nicht anzumelden, Tom«, sagte Fiona. »Tauch einfach auf.«

»Nein. Ich platze nicht mal eben so in dein Privatleben.«

»Alleinleben«, korrigierte sie.

»Also gut. Alleinleben. Ich meine, auch unter Liebenden sollte es etwas wie Respekt vor der Privatsphäre geben. Weiß ich denn, wobei ich dich gerade stören würde, wenn ich dich so ohne Weiteres überfiele?«

»Du würdest mich niemals stören«, beteuerte sie.

»Belassen wir's dabei, Fiona. Ich rufe an, ehe ich mich auf den Weg mache, und daran kann mich niemand hindern.«

»Am Anrufen oder am Auf-den-Weg-Machen?«

»An beidem, Geliebte. An beidem.«

»Gut zu wissen!«

Wir hatten wieder etwas zu lachen. Jede neue Entdeckung am anderen ließ uns staunen – oder lächeln. Fiona zeigte sich überrascht, dass ich nie darauf bestand, über Nacht bei ihr zu bleiben. »Das Geheimnis einer glücklichen Ehe liegt in getrennten Schlafzimmern«, erklärte ich ihr.

»Wir sind doch gar nicht verheiratet«, wandte sie ein.

»Das lässt sich ändern«, meinte ich nach einem Schluck ihres wunderbaren englischen Tees.

Fiona wurde blass. »Gingen wir damit nicht zu weit?«

»Du denkst an Joss und Sophie?«

Sie nickte.

Ich stellte meine Tasse ab. »Überleg mal, Fiona, liebste aller lebenden Frauen. Wenn uns das unglaubliche Geschenk einer zweiten Liebe zuteilwird, noch dazu im allerletzten Lebensabschnitt, ist es dann nicht ein Zeichen, dass wir daraus auch Konsequenzen ziehen dürfen? Was sollten Sophie und Joss dagegen einzuwenden haben, wenn sie dazu in der Lage wären?«

»Ich meine: Wäre es nicht irgendwie Verrat?« Fiona war noch immer blass.

»Wäre es nicht. Wir verleugnen damit nicht die Liebe, die uns mit ihnen verbunden hat und auch weiter verbinden wird, weil sie nicht stirbt. Aber sie wächst auch nicht weiter – wir waren darüber einer Meinung. Das heißt, wir sind frei, das hast du selbst erkannt. Wie wir mit dieser Freiheit umgehen, ist allein unsere Entscheidung.«

Sie überlegte eine Minute. »Du hast wahrscheinlich recht«, sagte sie. »Doch«, sie nickte, »wir hatten über diese Freiheit gesprochen.«

Ich griff nach einem Croissant. Auf halbem Weg zum Mund stoppte ich und legte es auf den Teller zurück. »Hör mal, Fiona, du hast überhaupt noch nicht gesagt, ob du mich eigentlich heiraten würdest.«

»Du hast mich überhaupt noch nicht richtig gefragt.«

»Also frage ich dich: Würdest du, Fiona, mich ganz eventuell heiraten wollen mögen?«

Sie schaute mich belustigt an. »Schön gesagt, Tom. Ja. Ich würde dich unter Umständen heiraten wollen mögen. Bloß: Wozu? Das ist völlig überflüssig. Oder würdest du mich andernfalls ganz eventuell verlassen wollen mögen?« Sie zwinkerte mir zu: »Gestehe es, mein Herr!«

Ich lachte. »Kennst du die Geschichte von der Maus und dem Elefanten? Nein? Also pass auf. Eine Maus und ein Elefant kommen zum Standesbeamten. Sie wollen rasch heiraten. Der Standesbeamte sieht sich den dicken Elefanten und das winzige Mäuslein an und fragt besorgt: ›Haben Sie sich das auch in allen Konsequenzen überlegt?‹ Das Mäuslein guckt verzweifelt. ›Da gibt's nichts zu überlegen‹, piepst es, ›wir *müssen*!‹«

Ich ergötzte mich daran, dass Fiona Tränen lachte und sich fast verschluckte.

»Oh Gott«, stöhnte sie. »Aber erstens: Wir beide müssen nicht. Zweitens: Ist es nicht lächerlich, wenn zwei Greise Hochzeit halten, bevor sie ins Grab sinken? Und drittens: Was würden unsere Kinder zu dieser Eskalation sagen?«

Ich griff nach ihrer Hand. »Merk auf, liebste aller lebenden Frauen. Es ist erstens richtig, dass wir im Gegensatz zu Maus und Elefant nicht heiraten müssen. Wir würden es aus freien Stücken tun, einfach weil es uns Freude macht. Zweitens finde ich es nicht lächerlich, sondern ganz natürlich. Und drittens interessiert mich die Meinung der Kinder nicht sonderlich. Wir alle sind erwachsen. Sollten sie es peinlich finden, noch in reifen Jahren eine Patchworkfamilie zu bekommen, so ist das ihre Sache und nicht unsere.«

Darüber dachte sie eine Zeitlang nach. »Was du sagst, ist vernünftig«, meinte sie. »Aber ich höre schon Micks Stimme: ›Was, du willst ausgerechnet DVD heiraten?‹«

»DVD?«

»So hat er dich getauft, ganz am Anfang: *Der von drüben.* Und ich hab's übernommen, leider.«

»Was: Du hast mich DVD genannt?« Ich amüsierte mich.

»Hab ich«, räumte sie tapfer ein. »Aber nicht lange.«

»Nun gut, da will ich gestehen, dass du für Phil und mich *die Lady da* warst.«

»Bis wann?«

»Phil nennt dich nach wie vor so.«

»Und Mick dich DVD.«

Wieder hatten wir etwas zu lachen.

»Wie ist denn nun deine Antwort, Frau Conradt? Willst du oder willst du nicht?«

»Vielleicht.« Sie guckte frech.

»Okay, dann geh ich jetzt arbeiten.« Ich stand auf.

»Musst du wirklich?« Sie wirkte besorgt. »Hab ich dich beleidigt?«

»Bis an mein sicher baldiges Ende«, beteuerte ich. »Und auch noch danach.«

»Oh Gott«, jammerte sie beziehungsweise versuchte es, was allerdings erfolglos blieb. »Ich werfe mich hinter den Regionalexpress!«

»Ist auch sicherer«, sagte ich roh.

»Kommst du ausnahmsweise heute Abend? Ich könnte mir das Vielleicht bis dahin überlegt …«

»Und ein Nein daraus gebastelt haben, wie?«

»Wie kann ich das jetzt schon wissen? Ich hab es doch noch gar nicht überlegt.« Sie wich gelenkig der Andeutung einer Ohrfeige aus. »Bis dann also.« Sie schloss die Tür sehr sanft hinter mir.

Ich schickte ihr eine Mail.
Sehr geehrte Dame!
Hiermit bitte ich Sie nicht um Ihre Hand. Ich möchte nicht, dass Sie sich meinetwegen von diesem wichtigen Körperteil trennen. Vielmehr erlaube ich mir, Sie gleich um alles zu ersuchen, was Sie mir zu bieten haben – mit Haut und Haar, Letzteres bitte ohne Ohrklammer. ›Sire, geben Sie Haarfreiheit‹, hieß es bereits bei Schiller.
Sollten Sie sich entschließen, mit mir zum Standesamt zu schreiten zwecks Schließung – wieso Schließung? Nein: Eröffnung einer wunderbaren Ehe, könnte ich Ihnen außer tief empfundenem Dank Folgendes anbieten: meine durchaus vorhandenen und ausgeprägten Fähigkeiten zu putzen (ausgenommen Staub und Boden wischen), zu kochen (ausgenommen alles, was Arbeit macht), zu bügeln (ausgenommen Plisseeblüslein und anderes Knitterzeug), Knöpfe anzunähen (ausgenommen Hemdkragenknöpfe), zu stopfen (ausgenommen alles, was nicht beutelnahtfähig ist), Post zu öffnen (ausgenommen alles, was nicht von Ihnen kommt) und last but noch least zu küssen (keinerlei Ausnahmen).
Sollten Sie das Angebot nach reiflicher Überlegung akzeptieren, wäre ich Ihnen noch viel mehr verbunden als bisher.
Hochachtungsvoll wie stets:
Der Endesunterfertigte

Die Antwort kam mailwendend:
Sehr geehrter Herr!
Ihr Antrag, mit mir eine Ehe zu eröffnen, versetzt mich in nicht gelindes Erstaunen. Habe ich Ihnen etwa jemals Veranlassung gegeben, in mir mehr zu sehen als die Lady da? Gewiss mag die Duldung Ihrer jüngsten Angewohnheit, zwei

Stunden vor dem Frühstück zu erscheinen und sich zu mir in die Wärme des Bettes zu gesellen, da Ihre Heizung morgens chronisch ausfällt, Sie zu Ihrem Vorstoß veranlasst haben, zumal mir die zwischenmenschliche Höflichkeit verbot, Sie in die Kälte zurückzuschicken. Aber berechtigt dies zu irgendwelchen Hoffnungen Ihrerseits?
Die Liste Ihrer in der Tat beachtlichen Fähigkeiten habe ich mit Genugtuung zur Kenntnis genommen. Wären Sie mit einer Probezeit, insbesondere was die Letztere der Fähigkeiten betrifft, einverstanden?
Mit der Ihnen gebührenden Hochachtung!
Die Endesunterfertigte
Postscriptum. Holen Sie sich die mündliche Antwort zur gewohnten Abendzeit.

Es verstand sich von selbst, dass ich – Arbeit hin oder her – kurz vor sieben zur Stelle war. Sie begrüßte mich in einem langen Strickkleid, einem eleganten Schal um den Hals und – wie soll ich es ausdrücken – frei schwebendem Haar. Die Ohren hatten Ausgang, das heißt, ich meine, sie durften sich vom Klammern erholen.

Wir zelebrierten das Geläut schweigend, fast versunken in das Lächeln hüben und drüben.

Das Läuten erstarb.

»Und nun, meine sehr, sehr verehrte Dame, Ihre Antwort«, verlangte ich.

»Es wird Sie völlig unerwartet treffen, mein Herr«, erklärte Fiona todernst, »ich gestehe, ich selbst bin von mir überrascht.« Sie trank betont langsam einen winzigen Schluck Wein. »Fast schockiert bin ich.« Sie blinzelte mir zu. »Let's do it, Tom!«*

Die Bewältigung dieser Entscheidung nahm einige Zeit in Anspruch, während der die Katzen uns besuchten und, da

* Ja, tun wir's, Tom!

auf uns kein Platz zu sein schien, zweifellos kopfschüttelnd wieder verschwanden.

»Kannst du tatsächlich putzen?«, fragte Fiona belustigt. »Ich habe dich nie gefragt, wie du in deinem Haus eigentlich wirtschaftest.«

»Ich kann Schuhe putzen, um ehrlich zu sein, und meine Autofenster. Ansonsten hilft mir ein Reinigungsunternehmen aus der Stadt. Die Leute sind ganz angenehm, schnell und effizient. Eine Putzfrau, die sich alle Naslang auf das Staubsaugerrohr stützt und mir das Wetter oder die Politik oder ihr Privatleben erklärt, könnte ich nicht ertragen. Machst du etwa alles selber?«

»Mehr oder weniger. Aber ich habe ja auch noch meinen Hausmeisterservice.«

»Den fähigen Herrn ...mann.«

»Herr Herrmann.«

»Ich spar mir einen davon. Du sollst nicht zwei Herren dienen oder wie das heißt. Hilft er dir in allen Lebenslagen?«

»In fast allen oder er hat Leute an der Hand.«

»Aber nicht den Standesbeamten, zu dem zwei gewisse Leute möglichst bald marschieren werden?«

»Sollen wir wirklich?« Sie zeigte schon wieder Zweifel.

»Fang nicht von vorn an, Allerliebste. Hattest du nun eigentlich ja gesagt?«

»Ja.«

»Dann nichts wie los zum Standesamt!«

»Die haben schon geschlossen.«

»Dann morgen.«

»Wir müssen uns wohl anmelden«, mutmaßte Fiona.

»Mach ich gleich morgen früh«, kündigte ich an. »Ich werde auch Phil von unserem löblichen Vorhaben unterrichten.«

»Wieso löblich?«

»Ts, ts, Fiona!« Ich hob den Zeigefinger. »Wir wollen doch nicht weiter als Partner in Sünde leben.«

»Du meinst, als Lebensabschnittsgefährten.«

»In unserem Fall wohl eher als Lebensendgefährten. Nein, will ich nicht.«

»Dann müsste ich auch Mick und Sara sagen, was wir planen. Ganz wohl ist mir dabei nicht.«

»Was sollten sie daran auszusetzen haben, dass ihre Mutter ihre wilde Ehe legalisiert?«

»Meinst du, dass dein Sohn begeistert sein wird?«, lautete die Gegenfrage.

»Offen gesagt, ist mir das völlig gleichgültig. Ich bin erwachsen, er ist erwachsen, keiner hat dem anderen dreinzureden.«

»Amen«, sagte sie andächtig und blickte gen Himmel. »Dein Wort in deines Sohnes Gehörgang.«

Da war es auch alsbald, und zwar rascher, als ich gedacht hatte. Phil kam am nächsten Tag, um mir einen Karton Wein zu bringen von einem Weingut, das er *ausgegraben* hatte, wie er sich ausdrückte. Außerdem brachte er mir eine Ausgabe der *Juristischen Wochenschrift*, um die ich ihn gebeten hatte, weil ich für mein Buch einige Informationen darin zu finden hoffte.

Er stand vor der Tür, als ich vom Mittagessen bei der Pfauen-Wirtin zurückkehrte. Diese Angewohnheit, dem stimmte auch Fiona zu, sollte ich während meiner aktiven Schreibphase beibehalten, weil ich auf diese Weise nicht in Versuchung geriet, eine Mittagspause bei ihr bis in den Abend oder länger auszudehnen, obwohl sie keinesfalls etwas dagegen gehabt hätte. Ich übrigens auch nicht. »Aber Dienst ist Dienst und Schnaps ist Schnaps«, sagte ich mir.

»Wartest du schon lange, Phil?«

»Nein, etwa zwei Minuten. Wo warst du denn?«

»Beim Essen unten im Pfauen. Komm ins Haus.«

Phil beförderte den Karton Wein in den kleinen Weinkeller im Untergeschoss und kam dann in den Salon.

»Willst du einen Kaffee oder irgendwas?«, erkundigte ich mich.

»Einen Kaffee, gern.« Phil schaute aus dem Fenster und setzte sich in einen Sessel, während ich mich in der Küche zu schaffen machte. Dabei überlegte ich, wie ich am besten vorgehen könnte. Und wann.

Der Moment kam, als ich den Kaffee eingeschenkt hatte und Phil sich entspannt zurücklehnte. »Schmeckt der Kaffee?«, fragte ich. »Eine Öko-Sorte, die ich zum ersten Mal ausprobiere.«

Phil nickte, eher gleichmütig. »Ist okay, Papa.«

»Übrigens wird sich«, sagte ich beiläufig, »mein Familienstand ändern.«

»Wieso?« Phil erwachte aus seinem Gleichmut. »Und inwiefern? Sterben wirst du ja wohl noch nicht, wie?«, versuchte er zu scherzen, aber seine Augen waren sehr wach.

»Ich werde wieder heiraten.«

Der Satz hing ein paar Sekunden lang in der Luft. Dann fiel er herunter. Die Reaktion kam in unerwartet kurzen, harten Sätzen.

»Heiraten? Wen? Warum? Etwa die Lady da?« Er machte eine ruckartige Kopfbewegung in Richtung Fachwerkhäuschen.

»Nicht *die Lady da,* sondern Fiona Conradt.«

Sein Adamsapfel geriet in Bewegung. »Das meinst du doch nicht ernst, Papa.«

»Doch, mein Sohn.«

»Und warum das Theater, wenn ich fragen darf?« Er wurde etwas lauter.

»Theater ist wohl nicht das passende Wort. Wir haben uns gefunden, wir lieben uns, wir bleiben zusammen.«

»Dazu muss man doch nicht gleich heiraten, Papa. Man schüttet doch das Kind nicht mit dem Bade aus!«

»Hast du nicht auch geheiratet?«

»Das kannst du doch nicht vergleichen. Ich bin jung, da hat das Sinn. Aber doch nicht im Alter. Meine Güte.«

»Nicht im Alter? Warum nicht? Erklär mir das bitte.«

Phil richtete sich auf und stellte die Tasse, die er bisher gehalten hatte, auf dem Fensterbrett ab.

»Im Alter entfällt die Möglichkeit, eine Familie zu gründen, um das mal diskret auszudrücken. Im Alter hat man doch nichts mehr zu tun, als einigermaßen anständig zu verlöschen.«

»Würdest du so gut sein und diesen letzten Satz jenem anderen beifügen, den du dir an deinem 70. Geburtstag ins Gedächtnis zurückrufen sollst?«

»Pardon, Papa. Wahrscheinlich habe ich mich zu drastisch ausgedrückt. Was ich meine, ist schlicht und ergreifend dies: Im Alter sind Eheschließungen sinnlos und überflüssig und außerdem machen sie nur Probleme, wenn ich zum Beispiel an den Erbfall denke.«

Die Bemerkung schockierte mich dann doch. »Was meinst du damit?«

»Wenn einer der frisch vermählten Senioren das Zeitliche segnet und kein gültiges Testament hinterlässt, wird der überlebende Partner automatisch der Haupterbe und alles, was früher mal vereinbart wurde, über den Haufen geworfen. Die Kinder, in diesem Fall die Waisen, müssen sich mit dem Pflichtteil begnügen.«

»Lustig«, sagte ich nicht ohne Sarkasmus in Stimme und Herz. »Das also ist dein Beweggrund. Ich dachte, du hättest moralische Bedenken.«

Phil schwieg betreten. Ich nutzte den Augenblick, um nach einer Flasche mit meinem Lieblingsobst zu langen. »Willst du auch eine Birne?«, fragte ich.

»Gern. Nach dem Schock.« Phil kippte den Williams Christ hinunter wie – insgeheim bat ich die Flasche Birnengeist um Vergebung – einen billigen Korn.

»Hast du noch andere Bedenken gegen die Heirat zweier Greise? Soll ich dir den Witz von der Maus und dem Elefanten erzählen, die zum Standesamt gingen?«

»Kenn ich, besten Dank. Ich frage mich nur, wie es möglich ist, dass zwei Siebzigjährige in Liebe entbrennen. In dem Alter sind doch alle Triebe tot – außer denen, die nach Essen, Trinken, Schlafen und Volksmusik verlangen.«

»Woher weißt denn du das?« Die Wendung des Gesprächs in diese Richtung begann mir Spaß zu machen.

»Das ist doch Gemeingut«, wehrte er ab.

»Gut, dass ich das rechtzeitig erfahre. Fiona wird es ebenfalls sehr interessieren.«

»Wie soll das mit euch weitergehen?«, fragte Phil und hielt mir sein Glas hin. »Erst die Hochzeit, ganz in Weiß, die gerührten Kinder und Enkel, heimlich heulend, im Halbkreis drumherum. Dann ein Festbankett, mit Reden, versteht sich, abends ein Tänzchen in Ehren und dann ab in die Flitterwochen mit Blechdosen an dem grünen Mini. Hochzeitsnacht im Grand Hotel mit Champagner per Zimmerservice, Frühstück der Erschöpften im Bett.« Er holte Luft.

»Das Szenario hast du wunderbar entwickelt, lieber Sohn«, lobte ich, wobei ich mich um ein Tremolo in der Stimme bemühte. »Stell dir vor, ganz genau so haben wir es uns erträumt. Nur das Menü steht noch nicht fest und wer die Festrede halten wird, eventuell du?« – Phil wehrte entsetzt ab – »und welches Streichorchester uns mit musealer Musik erquicken wird. Aber sicher hast du da Vorschläge parat. Es muss etwas sehr Langsames sein, verstehst du, weil wir Alten doch nicht mehr so schnell sind. Und zum Tanz bitte keinen Walzer, wir könnten über unsere Füße stolpern, sondern am besten ein Largo. Und mit Fionas Frosch – woher kennst du den übrigens? – fahren wir auch nicht, weil wir bei einer allfälligen Gichtattacke nicht wieder rauskämen. Ich habe eine Londoner Taxikarosse aufgetrieben, da können wir einsteigen, ohne uns zu bücken, man wird ja steif mit 70. Ach, und die Hochzeitsnacht: Danach nehmen wir Glückwünsche, Blumen und eine Ersatzpackung Viagra gern entgegen. Alles klar?«

Beim vorletzten Satz begann mein Sohn zu begreifen, dass ich ihn verhöhnte. Das ertrug er sichtlich mit Mühe, sagte aber nichts als: »Ich erfahre dann wohl das Datum und das weitere Prozedere.«

»Phil«, rief ich ihm nach, »denk, wenn du mir den Prozess wegen ungehörigen Verhaltens im Alter machst, bitte an den guten alten Grundsatz: *In dubio prosecco.*«

Er wirkte irgendwie angeschlagen, als er seinem Wagen zustrebte.

Fiona

Mick kam mit einem Taxi vom Bahnhof. »Mach dir keine Mühe bei dem Wetter, Mum« – es schneite –, »ich nehme auch ein Taxi zurück. Bin in Eile, weißt du. Hab nur eine Stunde Zeit, nehme einen Zug später.« Eine Konferenz in Basel, hatte er gesagt. »Muss unbedingt um 20 Uhr dort sein.«

Ich sah ihn aus dem Wagen steigen und öffnete die Haustür. Doch Mick ließ sein Köfferchen am Straßenrand stehen und wandte sich jemandem zu, den ich nicht genau erkennen konnte. Ich schloss die Tür wegen der Kälte. Einige Minuten später läutete es. Mick hielt mir ein Päckchen entgegen. »Statt Blumen, Mum.«

»Was ist drin?« Ich gab ihm einen Kuss auf die Wange. »Danke schon mal. Häng den nassen Mantel dahinten auf einen Bügel.«

Ich machte das Päckchen auf: Tintenpatronen für meinen Drucker und eine neue Anti-Virus-Software. »Fangfrisch«, erläuterte Mick, »die brauchst du sicher. Wir hatten gerade eine Lieferung erhalten.«

»Und da hast du die hier abgezweigt.«

»Das kann ich mir als Geschäftspartner erlauben«, präzisierte er. Mick ging in mein Arbeitszimmer und schaltete den PC ein.

»Soll ich einen Tee kochen?«, fragte ich.

»Mhm«, kam die Antwort. Wie als Kind benutzte er seine Zähne, um die Hülle der CD zu öffnen. »Dass die Kerle es nicht schaffen, benutzerfreundliche Verpackungen zu entwerfen«, knurrte er dann. »Diese verdammten Folien. Kein Anfang und kein Ende. Nicht mal mit dem Messer kommt man dran.«

Er schaute gebannt auf den Monitor, während er die *aller-aktuellste* Software gegen Viren installierte. »Auch nicht mehr der Schnellste, dieser Kasten«, knurrte er weiter. »Willst du dir nicht mal ein modernes Notebook zulegen, Mum? Könnte ich dir sofort beschaffen. Extraklasse, versteht sich.«

Um mir nicht eine Viertelstunde lang Vorschläge für einen *optimalen Arbeitsplatz* anhören zu müssen, ging ich hinauf in die Küche und kochte Tee. Nach einer Weile erschien Mick.

»Ich muss dir etwas mitteilen«, fing ich an, als wir am Teetisch saßen.

»Weiß ich schon«, sagte Mick kurz angebunden.

»Woher solltest du das wissen?«

»Ich habe vorhin DVD junior getroffen, der gerade von seinem Vater kam.«

»Also du weißt es. Und?«

»Ich bin derselben Ansicht wie mein Stiefbruder in spe.«

»Und die lautet wie?«

Mick schaute mich gequält an. »Mum, das muss doch wirklich nicht sein. Heiraten in dem Alter!«, platzte es aus ihm heraus.

»Was hat heiraten mit dem Alter zu tun?« Mein Ton wurde, gegen meinen Willen, etwas schärfer.

»Beides passt nun einmal nicht zusammen.«

»Würdest du das bitte erklären?«

»Es besteht keinerlei Notwendigkeit, mit 70…«

»71!«

»… also 71 eine Ehe zu schließen. Kinder werdet ihr doch wohl nicht mehr produzieren. Oder?«

Das *Oder* reizte mich zur Rebellion. »Und wenn doch?«, fragte ich mit einem Hauch von Hohn in der Stimme. »Wenn doch, mein Sohn? Was würde dich das angehen? Alle Beteiligten, selbst ihr Kinder, seid volljährig und das über die Maßen.«

»Bitte bleib ruhig. Ich will nur wissen, worin der Sinn einer Heirat mit 70 – Pardon, 71 – bestehen könnte.«

»Er besteht darin, dass zwei Menschen, die sich sehr lieben, auch nach außen hin verbunden sein möchten.«

»Dann zieht DVD ...«

»Kannst du dir nicht endlich das verflixte DVD abgewöhnen?«

»Also gut. Dann zieht Herr Nachbar bei dir ein. Setzt sich in ein warmes Nest. Du ernährst ihn, pflegst ihn, und wenn du vor ihm stirbst, erbt er den Laden hier.«

»Ist es das, was dich aufbringt gegen eine Eheschließung?«

»Philipp hat mir kurz gesagt, was es an Problemen geben könnte.«

»Und die beziehen sich auf Nachlassfragen. Ach ja. Unser realistisch denkender Nachwuchs. Nennt ihr euch beim Vornamen, ich meine du und Philipp? Eine rasche Verbrüderung, in der Tat.«

»Wir werden uns treffen, um anstehende Fragen zu erörtern, wenn ich in Basel fertig bin. Wir sind in Freiburg verabredet. Ich überschlage zwei Züge.«

»Sogar zwei. Nicht bloß einen wie bei mir.« Das klang vorwurfsvoll, glaube ich, denn Mick fiel mir ins Wort.

»Mum, ich sage dir dies alles, damit du es nicht von anderer Seite erfährst. Was, im Übrigen, ist schlimm daran? Wir wollen uns einfach beschnuppern.«

»Ist schon gut, Mick. Danke, dass du mich informiert hast. Ich nehme an, du wirst im Zug per Handy Sara von Toms und meinen Plänen unterrichten, sodass ich es nicht mehr zu tun brauche.«

Ich schenkte Tee nach. Mick schaute auf die Uhr.

»Wann soll das denkwürdige Ereignis denn stattfinden?«

»Möglichst bald, noch in diesem Jahr.«

»Ihr habt es aber eilig. Wie ich vernommen habe, ist dein zukünftiger Gatte ein ehemäßig umtriebiger Mann.«

»Was geht dich das an? Sollst du ihn heiraten?«

Er verdrehte die Augen. »Lass uns sachlich bleiben, Mutter.«

»Dann fang bei dir an!«

»Okay. Also noch dieses Jahr. Gut zu wissen. Schließlich müssen wir den Termin einplanen. Was ist mit Weihnachten? Feierst du wieder mit Sara und den Kindern?«

»Das muss ich mit ihr noch besprechen. Am liebsten würde ich in diesem Jahr allein sein.«

»Allein zu zweit, meinst du wohl.«

»Allein zu bleiben hatte ich schon vor, ehe Tom und ich …«

»Wie auch immer. Lasst es mich wissen. Bitte umgehend in jedem Fall den Standesamtstermin. Martina und ich haben nämlich vor, über die Feiertage zu verreisen.« Er schaute wieder auf die Uhr. »Das Taxi müsste gleich da sein.«

Er ging hinaus, um seinen Mantel zu holen. Ich folgte langsamer. »Du hinkst nicht mehr, Mum«, stellte Mick, um Frieden bemüht, fest. »Ist der Fuß wieder ganz in Ordnung?«

»Fast. Hin und wieder tut er noch weh, wenn ich ihn nicht richtig aufsetze. Ich hatte ein paar Massagen, die mir sehr geholfen haben.«

»Gut.« Er verabschiedete sich herzlich, als sei nichts geschehen. Ich war dennoch dankbar, als ich die Rücklichter des Taxis im Schneetreiben aufblinken sah.

Gleich darauf läutete das Telefon.

»Passt es dir, wenn ich zur Abendzeremonie erscheine?«, fragte Tom.

»Aber sicher.«

»Ich bringe etwas zu essen mit. Wegen des Schnees wollte ich mittags nicht in den Pfauen marschieren. Frau Wirtin hat mir einen Topf badischer Kartoffelsuppe rübergeschickt, der für eine Großfamilie gereicht hätte. Wirf also deinen Herd an. Heiße Suppe tut gut bei diesem Wetter.«

»Besonders wenn in dieser Suppe Zutaten wie Gutedel und Sahne zu schmecken sind.«

»Und eine dieser Zutaten auch in meiner Manteltasche steckt.« Er lachte.

»Was? Sahne in der Manteltasche?«

»Mhm. Köstlich! Wirst du sehen.«

Tom kam wie gewohnt pünktlich, diesmal einen Topf in einer Plastiktüte, die er mir hinhielt.

Es wurde ein fröhliches Mahl. Erst als wir abgeräumt und uns in unseren Sesseln niedergelassen hatten, kam das Gespräch auf Phil und Mick.

»Der Widerstand, obwohl ohne jede sachliche Begründung, ist beträchtlich«, sagte Tom. »Das soll uns aber nicht hindern, unseren Plan zu verwirklichen.«

»Ich muss dir widersprechen. Da ist so etwas wie eine sachliche Begründung. Mick hat offenkundig Angst, dass du dich hier häuslich einrichtest und, wenn ich dann unerwartet ins Laken beiße …«

»Ins Gras, Geliebte.«

»… also ins Gras beiße, alles erbst außer den Pflichtteilen, oder wie das heißt, für die Kinder.«

»So ähnlich sehen Phils Befürchtungen aus.«

»Ist es eine moderne Erscheinung, dass Kinder so erpicht auf ihr Erbe sind?«

»Ich weiß es nicht. Wohl eher nicht. Sie sind nur direkter in ihren Ansprüchen als früher, glaube ich. Das soll uns aber nicht davon abhalten zu tun, was wir tun wollen. Zum Wohl!«

»Mick hat gesagt: ›Kinder werdet ihr doch wohl nicht mehr produzieren.‹«

»Wer weiß?« Tom grinste fröhlich. »Was hast du ihm geantwortet?«

»›Und wenn doch?‹, hab ich gefragt.«

»Sehr gut, Fiona. Darauf einen Gutedel!«

Wir folgten seiner Vorgabe.

»Ich habe mit dem Standesamt telefoniert«, hob Tom wieder an.

»Und? Wann können wir heiraten?«

»Erst mal gar nicht.«

Tom schien meine Enttäuschung zu erheitern.

»Warum das? Ich habe meine Geburtsurkunde und die Heiratsurkunde und die Sterbeurkunde von Joss.«

»Ich habe meine Geburtsurkunde und die Urkunden meiner missglückten Ehe.«

»Reicht das etwa nicht?«

»Nicht in Deutschland. Unser Pech ist, dass ich in den USA eine US-Bürgerin geehelicht und sie sich dort hatte scheiden lassen. Dummheiten werfen bisweilen lange Schatten. Das tut mir vor allem deinetwegen leid, Fiona.«

»Wir stehen das gemeinsam durch, Tom.«

»Sicher. Es wird allerdings eine Weile dauern, bis ich die Papiere aus Übersee habe. Und *ob* ich sie erhalte, weiß ich nicht.«

»Ach herrje. Vorhin habe ich Mick erzählt, dass die Heirat unmittelbar bevorsteht.«

»Gefiel ihm das?«

»Nein.«

»Macht nichts. Sollen sich die Kinder Gedanken machen. Wäre es für dich schlimm, wenn unser schöner Plan scheiterte?«

»Nein, nicht schlimm, keinesfalls.« Ich schüttelte energisch den Kopf. »Im Gegensatz zur Maus und dem Elefanten müssen wir auch nicht aufs Standesamt, vergiss das nicht.«

»Was sagt Sara, nebenbei gefragt?«

»Noch gar nichts. Mick wird ihr alles brühwarm erzählen, schätze ich, und dann ruft sie zweifellos sofort an.«

»Wenn es dir recht ist, warten wir ihre Reaktion noch ab, ehe wir unsere Vorbereitungen in Angriff nehmen«, schlug Tom vor.

»Einverstanden.« Er stand auf.

»Ist es schon wieder Zeit? Von mir aus kannst du bleiben.«

»Ich muss aber noch was tun, Fiona.«

Er war kaum gegangen, als das Telefon läutete.
»Mum«, sagte Sara. »Ich bin richtig glücklich.«
»Warum denn?«
»Weil ihr heiraten wollt.«
»Bist du nicht der Ansicht deines Bruders, dass dies überflüssig, peinlich, nicht statthaft und obendrein problematisch ist? Immerhin warst du nicht gerade angetan, als ich dir sagte, dass Tom und ich uns nähergekommen sind.«
»Dass sich daraus eine Liebesgeschichte entwickelt, hatte ich doch nicht gedacht. Ach, Mum. Ich find's zum Heulen schön. Zwei alte Menschen gehen hin und heiraten. Ist das nicht herzerwärmend?« Ihre Stimme wackelte ein wenig.
»Du überraschst mich, Sara«, sagte ich. »Leuchtet dir nicht ein, was dein älterer Bruder meint?«
»Mick sortiert Entscheidungen nach Art seiner Computerdateien. Nimm ihn nicht ernst. Falls er dich verletzt haben sollte: Er hat das sicher nicht beabsichtigt.«
»Was hat er dir erzählt?«
»Nicht viel. Nur dass ihr in den nächsten Tagen heiraten werdet und wir zum Blumenstreuen kommen sollen.«
»Ist gar nicht wahr.«
Sie lachte. »Weiß ich. Aber wann findet das Ereignis denn tatsächlich statt?«
»Wissen wir noch nicht, es hängt davon ab, wann wir die nötigen Papiere beisammen haben.«
»Das kann doch nicht schwer sein. Und was ist mit Weihnachten?«
Da war sie, die kitzlige Frage.
»Ich hatte mir eigentlich gewünscht, diesmal allein zu sein. Wegen des Umzugs und der Eingewöhnung, weißt du.«
»Versteh ich. Eigentlich beantwortest du die Frage damit auch für mich. Ich möchte nämlich meine sozial neu strukturierte Familie zusammenbringen. Du wärst natürlich willkommen, aber leicht würde es für uns alle nicht werden.«

»Was meinst du damit? Ist da …?«

»Ja, da ist Tadeusz, und er und die Kinder müssen sich erst einmal beschnuppern.«

Ich war verblüfft. »Seit wann hast du Tadeusz an deiner Seite?«

»Seit ein paar Monaten.«

»Und?«

»Ich glaube, ich liebe ihn.«

»Keine Verliebtheit mit ablaufendem Haltbarkeitsdatum?«

»Nichts dergleichen. Viel mehr.«

»Das ist gut, my darling daughter.«

»Du verstehst?«

»Ich verstehe. Ich hoffe, dass du eines Tages von Tadeusz – er ist Pole, ja? – sagen kannst: Er ist mein Mann und mein Geliebter und mein Freund. Er ist mein Lehrer und mein Schüler. Er ist mein Alter Ego.«

»Mum, ich hatte mich nicht getraut, dir das zu sagen. Erst als Mick mir berichtet hat, dass ihr, Tom und du, heiraten wollt, wuchs mir ein bisschen Mut zu.«

»Braucht es Mut, um über Liebe zu sprechen?«

»In unserer zerrissenen Gesellschaft schon. Die einen wissen nichts davon, die anderen glauben nicht daran und die übrigen können es nicht beurteilen. Liebe ist, glaube ich, etwas Singuläres.«

»Du weißt offenbar, wovon du sprichst, wovon wir beide sprechen, Sara. Wer oder was oder beides ist Tadeusz?«

»Lassen wir das, bis wir uns treffen, Mum. Es wächst noch. Aber er wird dir gefallen.«

»Lass es wachsen, Sara. Denk dran: Was wächst, stirbt nicht. Alles bewegt sich, alles fließt. Leben fließt. Spürst du das?«

»Ja, derzeit sehr.«

»Nichts geht verloren, solange du es in dir bewegst.«

»Ich weiß. Tadeusz war lange Jahre in Indien. Er hat einiges von dort mitgebracht.«

»Wir werden darüber sprechen, Sara. Was sagen die Kinder zu Tadeusz?«

»Zuerst waren sie eher feindlich, wie das halt so ist. Allmählich öffnen sie sich, weil er offen ist für sie, und das spüren sie.«

»Ich freue mich für euch und letztlich auch für mich. Ohne die Existenz eines Tadeusz würdest du vermutlich wie Mick und Toms Sohn Philipp auf unsere Begegnung reagieren.«

»Mum, alles wirkliche Leben ist Begegnung, sagt Tadeusz.«

»Sagt Martin Buber.«

»Gut, also Martin Buber. Du, ich bin glücklich – auch deinetwegen.«

»Danke, Sara, Tochter.«

»Tochter einer wunderbaren Mutter und eines ebensolchen Vaters.«

»Du bist nicht der Meinung, dass ich deinen Vater verrate, wenn ich Tom heirate?«

»Nein, Mum.« Sara machte eine Pause. »Nein«, wiederholte sie. »Ich weiß, dass du ihn für immer in deinem Herzen trägst.«

»Du bist eine sehr kluge Frau, Sara.«

»Kein Wunder bei der Mutter.« Sie lachte. »Wann also werdet ihr heiraten?«

»Ich kann es nicht sagen, weil der Amtsschimmel entsetzlich wiehert.«

»Hältst du mich auf dem Laufenden?«

»Aber sicher.«

»Dank dir, Mum. Und grüß Tom.«

Ich entsprach dieser Bitte beim nächsten Frühstück.

»Wie hat Sara reagiert?«, fragte Tom, während ich das Päckchen auswickelte, das diesmal unter meinem Teller lag.

»Rilke, Liebesgedichte, Inselbuch. Ach, Tom!« Ich lief hinüber zu ihm und ließ mich einfangen. »Diesen Band habe ich nicht – und kaufen hätte ich ihn mir nicht mögen.«

Er entließ mich aus seinen Armen. »Das schönste Gedicht ist noch nicht einmal drin«, sagte er.

»Du machst mich neugierig.«

»Wart's ab. Was sagt sie nun?«

»Im Gegensatz zu unseren Herren Söhnen ist sie offenkundig hocherfreut. Sie findet den Gedanken wunderbar.«

»Kein Hinweis auf Testament und derartige Probleme?«

»Nicht im Mindesten.«

»Das freut mich sehr. Trotzdem werden wir einen offiziellen Brief an die Kinder schreiben und damit auch an Sara richten.«

»Ich hefte einen persönlichen Zettel an. Hast du schon einen Entwurf?«

»Ja, im Kopf. Ich schicke ihn dir nachher als Mail-Anhang. Dann kannst du ihn ohne Hast lesen und Änderungen einfügen.«

»Wann sollen wir den Brief abschicken?«

»So bald wie möglich. Vor den obligatorischen Weihnachtskarten. Dann lassen sie uns sicher in Ruhe.«

»Das einzige Risiko wäre Sara mit den Kindern gewesen. Aber sie hat eine neue und, wie ich hoffe, bleibende Liebe gefunden.«

Tom sah mich fragend an.

»Ein Tadeusz. Pole vermutlich. Und genau das freut mich besonders. Liebe über nationale Grenzen.«

»Wie zwischen einem Deutschen und einer gewissen Britin.«

»Ich mag keine Grenzen«, murmelte ich, während ich in dem schmalen Rilke-Band blätterte. »Was fehlt denn hier deiner Meinung nach?«, erkundigte ich mich.

»Warte bis morgen.«

»Geduld liegt mir nicht sehr.«

»Dann schicke ich es dir per Mail, noch vor dem Brief an die Kinder.«

Er hielt Wort. Am Abend fand ich es:

Leise hör ich dich rufen
in jedem Flüstern und Wehn.
Auf lauter weißen Stufen,
die meine Wünsche sich schufen,
hör ich dein Zu-mir-gehn.

Jetzt weißt du von dem Gefährten,
und dass er dich liebt… das macht:
es blühen in seinen Gärten,
die lang vom Licht gekehrten
Blüten, blühn über Nacht…

Darunter stand nur:
Gute Nacht für heute, liebste aller Frauen.

Ich mailte zurück:
Danke, liebster aller lebenden und leben werdenden Männer!

Tom Über den schneeglitzernden Nachmittagswald spannte sich ein Himmel, dessen Blassblau im Westen in Vanillegelb überging. Es würde mehr Schnee geben, dachte ich.

Ich hatte ein Kapitel meines Manuskripts abgeschlossen und legte eine Pause ein, um meine Augen zu erholen. Bald würde die Sonne hinter den Vogesen untergehen; ich könnte noch eine Weile ohne Lampe am Seitenfenster sitzen und die farbige Abschiedszeremonie beobachten, bis die Nacht allmählich ihre Jalousie herabsenkte.

Es hatte vor einer Stunde aufgehört zu schneien. Die Silhouette der Berge trat ausgeprägt hervor, als wollten sie näherkommen, dachte ich.

Dann fiel mir ein, dass ich den Brief an die Kinder entwerfen wollte. Ich holte mir einen Bogen Papier, den ich auf einen Buchdeckel legte, und einen Stift. Ich hätte gern, wie es Fiona an ihrem Geburtstag ausdrückte, *Sehr geehrte Damen und Herren Kinde*r geschrieben, um die Distanz zwischen uns Alten und Jungen hervorzuheben. Nach reiflicher Überlegung und unterstützt durch ein winziges Birnlein entschied ich mich für *Liebe Kinder,* weil ich mich an meinen weißmähnigen Redaktionslehrmeister erinnerte, der mir gesagt hatte: »Sie sollten sich stets so einfach wie möglich und so nah wie möglich an den Tatsachen ausdrücken, junger Mann. Das hilft, Missverständnisse zu vermeiden.«

Liebwerte Kinder, schrieb ich also. *Eure Reaktion auf unser Vorhaben, im hohen Alter noch einmal in den Stand der Ehe zu treten, hat uns zu denken gegeben. Zu Recht! Nach einer intensiven Aussprache, bei der wir uns sogar des Weinkon-*

sums enthielten, weil dieser in Euren Augen womöglich für unseren Jahrgang nicht mehr als statthaft betrachtet werden könnte, haben wir beschlossen, den Plan, noch in diesem Jahr zu heiraten, zu verwerfen. Dies beruht auf der durch Euch dankenswerterweise herbeigeführten Erkenntnis, dass Greise aus naturgegebenen Gründen das Ziel einer Ehe verfehlen. Zudem ist uns bewusst geworden, dass wir mit jeweils 71 Jahren vermutlich bereits nicht mehr in der Lage sind, vernünftige Entscheidungen zu treffen.

Nach Euren verständnisvollen Einsprüchen haben wir im Brockhaus' Conversations-Lexikon *von 1884, achter Band, nachgeschlagen und mit Beschämen folgende, auf uns zutreffende Zustandsbeschreibung gefunden, die wir hier in etwas geraffter Fassung zitieren:*

›Greis wird der Mensch während der Periode der Abnahme oder des Welkens genannt… Doch lässt sich im allgemeinen so viel sagen, dass der Mann zwischen dem 45. und 60. Jahre, die Frau zwischen dem 40. und 55. Jahre in das Greisenalter tritt; bei Säufern und abgelebten Subjekten pflegt das Greisentum schon früher zu beginnen. Das augenfälligste Kennzeichen des Greisentums, das Überwiegen der Rückbildung über die Ernährung, macht sich an allen Organen geltend. Das Gehirn atrophiert. Dem entsprechend leiden auch die geistigen Fähigkeiten. Das Gedächtnis wird unsicher, einzelne Erinnerungen schwinden ganz, während andere mit Hartnäckigkeit festgehalten und mit Vorliebe gepflegt werden. Die Aufnahme neuer Wissensgegenstände und neuer Ideen ist geschwächt, die Kombination erlahmt u.s.w. Daher die geistige Stumpfheit und der Eigensinn der Alten, die Schwatzhaftigkeit und Reizbarkeit, die Vorliebe für Vergangenes (die goldene Zeit), die mangelhafte Aufmerksamkeit für äußere Verhältnisse, endlich der Blödsinn, der im hohen Alter eintritt.‹

Wir haben verstanden! Aus diesem Grund braucht Ihr Ende des Monats keinen Termin für uns in Eurem sicher übervollen

Kalender einzuplanen. Mit dieser frohen Kunde wünschen wir Euch zugleich friedliche Weihnachtstage und ein gutes neues Jahr.
Eure Alten
Gez. Tom + Fiona
P. S. Diese Reihenfolge, weil der Text Toms PC entsprungen ist.

Ich schickte den Entwurf an Fiona. Wenige Minuten später war sie, entgegen ihrer Gewohnheit, am Telefon.

»Tom, ich hab's gelesen.« Sie lachte in besorgniserregender Weise. »Meinst du, wir sind dem Blödsinn anheimgefallen?«

»Fiona«, bestätigte ich im Ton eines Leichenbestatters, »wir sind des Blödsinns willige Beute. In der Tat.«

Sie hörte nicht auf zu lachen.

»Hab ich uns das Weihnachtsfest nicht freigeräumt?«, fragte ich, wieder in normalem Tonfall.

»Komm rüber«, sagte sie. »Wir feiern jetzt Vorweihnachten.«

Bini – wo der Schwarze war, weiß ich nicht – war sichtlich erstaunt, mich zur *Unzeit* (ein Un-Wort wie Un-Kraut?) zu sichten. Katzen, sagte mir Fiona, haben durchaus ein Gefühl für Zeit und Ordnung. Besonders, wenn es um die Nahrungsaufnahme geht, stellte ich fest. Aber ebenso, was mich betraf. Andererseits war Bini auch, im Gegensatz zu manchem Menschen, äußerst flexibel. Sie erklomm meine Knie, kaum dass ich mich in meinen Sessel gesetzt hatte – mit *meinem* meine ich, dass ich ihn seit einiger Zeit okkupiert hatte.

Sie war, wie gesagt, ein rötlicher Tiger, mit einem weißen Gesicht, einem weißen Chemisett und weißen Pfötchen. Nur die Ohren waren ungewöhnlich dunkel, und weil es bei der himmlischen Farbgebung am Katzenschöpfungstag vermutlich etwas hektisch zuging, hatte auch der Rücken einen dunklen Fleck abbekommen. Die Augen, ein sanftes helles Moosgrün, das bisweilen ins Türkis wechselte, waren ausgeprägt mandelförmig und schräg gestellt. Schräg saß auch der dunkle Fleck auf ihrem Rücken, der sicher ein korrekter Sattel geworden wäre, wenn sie bei der Malzeremonie nicht dauernd gewackelt hätte. Einzig der Schwanz war säuberlich gepinselt – in sattem Braunrot, was besonders wirkungsvoll war, wenn sie ihn, etwa beim Anblick eines ungeliebten Nachbarkaters, heftig aufplusternd peitschte.

Doch zurück zum weißen Gesicht, dessen Zierde – außer den Moosmandelaugen – ein wunderbar rosa Näschen war, an dessen Farbintensität sich zugleich der Grad des täglichen Wohlbefindens ablesen ließ: Eine bleiche Nase verriet Völlerei oder Gram über ihr abgejagte Morgengaben wie Maus, Vogel oder Blindschleiche. Sie hatte, glaubte ich, zeit ihres Lebens nicht begreifen können, wieso wir ihre (natürlich meist lebendigen) Mitbringsel nicht sonderlich schätzten. Vor allem Fiona hatte damit Probleme, weil es besonderer Hochakrobatik bedurfte, einer herumflitzenden Maus durch rettende Sprünge auf Sofa, Stuhl, Tisch oder Bett auszuweichen, sie aber gleichzeitig möglichst rasch und unbeschädigt an Bini vorbei ins Freie zu komplimentieren. Ich nahm das gelassener.

Ich erinnerte mich an unsere erste Begegnung: Bini hatte natürlich gleich, als ich damals das Haus betrat, festgestellt, dass ihr Ungemach drohte. Ungemach waren in ihren Augen Gäste, die Stunden oder, schlimmer, tagelang blieben, die redeten, herumliefen und, am schlimmsten, sich mit Miezmiez-Rufen und ausgestreckten Menschenpfoten über sie herzumachen versuchten. Nun also kam wieder jemand, der ihre Menschin in Beschlag nahm. Die Konsequenz, natürlich: Bini ließ sich erst einmal nicht blicken. Vermutlich saß sie eine Treppe tiefer in Fionas Rumpelkammer und beriet sich mit sich selbst, wie in diesem Fall zu verfahren sei. Eine Stunde verging, eine zweite, eine dritte. Fiona und ich waren in ein

Gespräch vertieft, dessen ruhiger Verlauf offenbar besänftigend auf nervöse Katzenohren wirkte. Jedenfalls sagte Fiona plötzlich: »Da ist sie!« Bini hatte sich geräuschlos, wie es ihre Art war, durch die angelehnte Tür gewickelt und beäugte moosgrün die Szenerie.

Ich schwieg, bewegte mich nicht. Bini schob ihren Kopf unter Fionas ausgestreckte Hand und ließ sich kraulen, während sie den neuen Menschen ins Visier nahm. Eine Weile geschah nichts. Dann reckte sich Bini, streckte und bewegte sich gemessen auf die Teppichmitte zu, woselbst sie sich auf den Rücken bettete, Vorder- und Hinterläufe angewinkelt, den wunderbar rostbraunen Schwanz schnurgerade ausgerichtet, und zu schnurren begann.

»Willkommen«, sagte Fiona, »so begrüßt sie, wen sie mag.«

Sie und ihre Katze hatten schon mehrere Jahre miteinander verbracht, als ich Binis Vorstellung von einem geordneten Tagesablauf durchkreuzte. Dieser begann gemeinhin damit, dass sie pünktlich zu Fionas Aufstehzeit sanfte Weckrufe vor der Schlafzimmertür intonierte, sehr melodisch und sehr ausdauernd, bis diese die Tür öffnete, damit Bini auf das Kopfkissen springen konnte. Danach pflegte sie Fiona einen (meist etwas feuchten) Guten-Morgen-Gruß zu entbieten, verbunden mit der dringenden Bitte, sie mit Hilfe eines opulenten Frühstücks vor dem sonst unvermeidlichen Hungertod zu bewahren. Was dann auch prompt geschah.

Mein Hinzukommen brachte diesen freundlichen Ritus etwas durcheinander. Eine Katze im Schlafzimmer? Das war denn doch etwas viel, zumal in der ersten Phase kätzisch-männlicher Annäherung. Binis Morgengesang erstarb ziemlich schnell, als sie gewahr wurde, dass sich die Tür nicht wie gewohnt öffnete. Und eine sichtlich verstörte Katze trottete, statt zum heiß ersehnten Morgenmahl, zur Haustür, um sich im Garten umzusehen und der Stimmung eventuell durch eine frisch erlegte Maus aufzuhelfen.

Nach drei Tagen hatten wir Mitleid. Die Schlafzimmertür ging wieder auf, als Binis einst stimmiger Morgenruf zu einem traurigen Zirpen verkümmert war. Mich im Blick wagte sie sich nicht mehr so recht auf das Kopfkissen, aber sie richtete sich, die Vorderpfötchen auf dem Bettgestell, in gewohnter Liebenswürdigkeit (und Bittstellung) vor Fiona auf und ließ sich liebkosen, bis ihr Schnurren in jene Art Gurren überging, das für sie charakteristisch war und ich noch nie zuvor von einer Katze gehört hatte.

Mein Ja zur morgendlichen Zeremonie dankte mir Bini durch wachsende Zuwendung. Sie nahm mich nicht mehr nur zur Kenntnis, sondern schenkte mir mehr und mehr Aufmerksamkeit, auch wenn sie meine ausgestreckte Hand zunächst noch unbeachtet ließ und ohne Blick an mir vorbeilief, um sich im Sessel am Fenster zu lagern – malerisch, fand ich. Selbst Fiona konnte nie vorbeischauen, wenn sich Bini dort ausstreckte, die Vorder- und Hinterpfoten zierlich gekreuzt, den rostbraunen Schwanz ebenso zierlich zwischen die Hinterläufe gelegt. Während sie sich schlafend stellte, blinzelte sie von einem zum anderen von uns, und auf mir blieben ihre Blicke immer länger haften. So überraschte es nicht, als sie sich eines Tages wie üblich durch die angelehnte Tür wickelte, Fiona begrüßte, indem sie sich an ihren Beinen rieb und auf kätzisch »Hallo« sagte, was in unseren Ohren wie »Quiekgurr« klang, dann zu mir hinüber wechselte und das Zeremoniell wiederholte. Von da an war ich endgültig akzeptiert.

Wann immer sie erschien, galt ihr Gruß zwar stets zuerst Fiona, dann aber zielsicher mir. Schließlich kam der denkwürdige Moment, als sie mir erlaubte, ihr den Bauch zu kraulen, während sie in ihrer bevorzugten Rückenposition lag und auf das glücklichste erst schnurrte und dann gurrte. Und als Bini später zwischen uns hockte und wie gewohnt von einem zum anderen sah, entdeckte ich: »Sie lächelt.«

»Du hast recht«, sagte Fiona. »Ich hätte es längst bemerken müssen.« Denn Bini war auch in anderer Beziehung eine ungewöhnliche Katze. Sie war nicht nur liebenswürdig, sondern liebesfähig, zugewandt und voller Vertrauen – außer was die ihr servierte Nahrung anging. Auch das musste ich noch lernen.

Da die Quintessenz aller Erfahrungen (nicht nur) für Katzen der gesunde Zweifel ist, wurde an jedwedem vom Menschen angerichteten Mahl erst einmal ausgiebig geschnuppert. Bini war da keine Ausnahme – Vertrauen hin, Vertrauen her. Je nach Füllstand ihres Magens, der natürlich meistens unter null tendierte, schlenderte, tappelte oder rannte sie in die Küche, um ihre Speiseschüssel in Augenschein zu nehmen und zu prüfen, ob der Inhalt erstens genießbar und zweitens reichlich bemessen war. Wer Binis wohlig-molligen Leib sah, begriff die Notwendigkeit, für dessen Erhaltung Sorge zu tragen. Sie tat es jedenfalls mit Inbrunst, und wir auch, obwohl durchaus nicht immer zu ihrer Zufriedenheit.

Der Ritus lief bestenfalls so ab: Bini beäugte das *zarte Hühnchen in Gelee, Premium Quality,* ließ die kleine rosa Nase den Duft prüfen, befand ihn in Ordnung, senkte den Kopf und nahm behutsam eine erste Probe. Wir standen gespannt in der Nähe: Würde sie oder würde sie nicht …? Sie würde. Bini ließ sich nieder, den Schwanz ausgestreckt, und schmauste mit Behagen, allerdings auch in atemraubendem Tempo, wobei der eine oder andere Bissen durch die Küche flog. Nachschlag? Aber bitte! Oder es passierte ein Missgeschick: Binis Nase prüfte, verwarf, Bini drehte sich um, schritt erhobenen Hauptes (*kopfschüttelnd,* wie Fiona sagte) und ohne uns eines Blickes zu würdigen an die Haustür, deren Öffnung sie herbeimaunzte, um konsterniert zu entschwinden.

Bei ihrer Heimkehr war in solchen Fällen erhöhte Alarmbereitschaft geboten: Immer wieder versuchte sie, uns mit quicklebendigen Gaben zu erfreuen. Offenbar ließ eine frisch gefangene Maus jeden vorherigen Ärger über menschliches Fehlverhalten vergessen. Wer Bini einließ, spähte folglich zunächst nach unten, ob sie etwas im Maul trug. Wenn ja, hieß es: Tür zu!, wenn nicht, durfte Bini herein.

Mit Mäusen, die dank unserer Aufmerksamkeit nicht ins Haus gelangten, pflegte sie übrigens kurzen Prozess zu machen: Vor der Tür verspeiste sie die von uns verschmähten Gaben, wobei sie Kopf, Magen und gelegentlich das Schwänzlein aussparte und sorgfältig in die Gitterfelder der Gummimatte einordnete.

Die Freundschaft zwischen mir und der roten Tigerkatze vertiefte sich täglich. War ich nicht da, hielt sie nach mir Ausschau. Kam ich zurück, ließ sie mich spüren, dass mein Verhalten ungehörig war: Ich war Luft für sie. Ein paar Minuten jedenfalls. Dann kam sie und holte sich laut gurrend die vermissten Liebkosungen.

Dass trotz ihrer Lebhaftigkeit und nicht nachlassenden Freude am Spiel mit mir eine tödliche Krankheit nach ihr griff, blieb uns verborgen, bis sie plötzlich die sonst heiß begehrte Mahlzeit verweigerte und auch am nächsten Tag nichts zu sich nehmen wollte. Sie hatte keine Chance. Und so kam der Tag, an dem wir Abschied nehmen mussten.

Wir saßen eng zusammen in Fionas Wohnzimmer, als ich Bini zum letzten Mal auf dem Schoß hielt und spürte, wie sie nach der Injektion des Tierarztes ruhiger atmete und immer schwerer wurde. Wir streichelten sie, sprachen mit ihr. Ganz still schlief sie ein.

»Sie lächelt«, sagte Fiona.

Wir begruben sie am Tag nach Neujahr, als der Frost nachgelassen hatte, unter einem Baum auf Fionas Grundstück. Fiona hatte eine Weinkiste mit einem ihrer Lieblingsschals ausgekleidet, in die ich den Katzenkörper hineinlegte. Sie trug die Kiste, als wir hinuntergingen, um Bini zu bestatten. Danach servierte ich uns eine große Birne.

»Leben«, sagte Fiona leise, »das ist mir wieder klar geworden, ist unteilbar. Wir sollten nicht unterscheiden zwischen Mensch und Tier und Pflanze. Wir sind alle eins.«

»Der Mensch in seiner Arroganz«, erwiderte ich, während ich ihre Tränen abwischte, »sieht sich als Krönung der Schöpfung. Vielleicht sind es in Wirklichkeit die Katzen? Oder Ameisen? Oder Löwenzahn?«

»Ich hoffe, Bini ist glücklich jenseits der Daseinsgrenze«, sagte Fiona mit etwas zittriger Stimme. »Ich muss mich erst an den Gedanken gewöhnen, dass sie nicht mehr bei uns ist.«

Eine Weile saßen wir und schwiegen.

»In ein paar Monaten«, erklärte ich dann, »fahren wir ins Tierheim und sehen nach, ob eine Katze eventuell Gefallen an uns findet. Bis dahin haben wir wahrscheinlich den standesamtlichen Papierkrieg hinter uns und können ihr ein moralisch einwandfreies Heim bieten.«

»In ein paar Monaten?« Sie blickte skeptisch. »Das glaube ich nicht. Hast du die Liste der Papiere, die wir beschaffen müssen, Punkt für Punkt durchgesehen?«

»Nur überflogen. Aber das kriegen wir hin.«

Sie stand auf, verschwand im Nebenraum und kehrte, drei Papierbögen schwenkend, zurück. »Nun sieh dir das genau an.«

Ich wechselte zu ihr auf das Sofa. »Gib mal her.« Ich nahm ihr die Blätter ab. »Also, nach der Allgemeinen deutschen Personenverwaltungsordnung, kurz AdPo, brauche ich als Deutscher eine Abstammungsurkunde, was immer das bedeuten mag. St. Bürokratius wird damit die Geburtsurkunde meinen. Habe ich. Reisepass oder Personalausweis – vorhanden. Heirats- und Sterbeurkunde aus meiner ersten Ehe …«

»Wieso denn das?« unterbrach mich Fiona, leicht genervt. »Die Ehe ist vor Jahrzehnten durch den Tod geschieden worden. Wenn nicht, hättest du ja auch nicht noch einmal heiraten können.«

»Richtig. Wo Ordnung herrscht, flieht der Verstand.«

Sie lachte. »Von wem ist das?«

»Von mir. Aus Erfahrung entstanden.«

»Und jetzt – herzlichen Glückwunsch! – erhältst du noch einmal eine Bestätigung für die Richtigkeit deiner These. Was musst du sonst noch liefern?«

»Heiratsurkunde und Scheidungsurteil aus den USA. An sich kein Problem. Allerdings muss der Titel vom hiesigen Oberlandesgericht anerkannt werden. Und das könnte dauern.«

»Da haben wir's«, sagte Fiona. »Das *könnte* dauern, meinst du? Das *wird* dauern. Ich kriege nämlich ebenfalls Probleme. Weißt du, was ich beibringen muss? Halt dich fest: ein Ehefähigkeitszeugnis. Bist du sicher, dass ich ehefähig bin? In meinem Alter?« Sie überlegte eine Weile und fing wieder an zu lachen. »Ich halt's nicht aus im Kopf.«

Davon merkte ich nichts. Denn sie fuhr, nachdem sie (und ich) ausgelacht hatten, ganz nüchtern fort: »Wenn ich noch offiziell in London lebte, würde dort über meine Ehefähigkeit befunden. Machen das übrigens Männer oder machen das Frauen? Und wie? Hätte ich gern gewusst. Egal. Aber ich lebe jetzt hier. Und das heißt, dass – amtliches Zitat, mein Herr! – ›ein Befreiungsverfahren beim Oberlandesgericht durchgeführt werden muss‹. Dafür brauche ich, sperr deine Ohren auf, *einen Geburtsregisterauszug im Original mit Apostille und einer vollständigen Übersetzung in die deutsche Sprache*. Außerdem *eine Familienstandserklärung, abgegeben vor dem deutschen Standesbeamten in Form einer eidesstattlichen Versicherung*. Letzteres kriege ich vielleicht noch hin. Aber was, bitte, ist eine Apostille?«

»Weiß ich auch nicht.« Wir sahen einander ratlos an. »Lass uns überlegen«, sagte ich schließlich. »Eine Postille ist eine Sammlung frommer Schriften, also etwas Erbauliches. Setzt du ein A davor, verkehrt es sich ins Gegenteil. So wie bei musisch und amusisch, typisch und atypisch, sozial und asozial ...«

»Moralisch und amoralisch«, fuhr Fiona ungerührt fort.

»Demzufolge ist eine Apostille etwas völlig Unerbauliches.«

»Das ist zu befürchten« nickte sie. »Und wie unerbaulich, werden wir vor Gericht erfahren.« Sie legte ihre Stirn in besorgte Falten. »Ich frage dich, Tom Wendt: Glaubst du immer noch, dass wir in ein paar Monaten alles hinter uns bringen? Glaubst du das wirklich?«

»Nun jaaa«, räumte ich ein, »irgendwie ist die Sache doch zeitraubend. Und irgendwie ernüchternd.«

»Ich wollte unsere Hochzeit gern noch auf Erden erleben«, seufzte Fiona und lächelte dabei etwas schief. »Aber wenn uns der Amtsschimmel im Galopp abwirft ...«

»Amtsschimmel, wenn ich das mal klarstellen darf, pflegen niemals zu galoppieren«, berichtigte ich. »Die schleichen und bocken.«

»Warum heißen die dann nicht Amts*esel*?«

»Aus Gründen der Höflichkeit. Die Beamten könnten den Esel persönlich nehmen. Dabei sind doch nicht sie schuld, sondern die Vorschriften.«

»Und wer hat die ausgebrütet?«

»Das weiß keiner so genau. Hinterher ist es eh niemand gewesen – wie bei allen zweifelhaften Sachen. Aber man hat mir im Standesamt erklärt, dass alles nur zu unserem eigenen Schutz geschähe. Sieh mal, ich könnte doch in den USA noch eine legale soundsovielte Ehefrau haben und du in Britannien den letzten von vier bis fünf Gatten.«

»Was – in sechs Jahren fünf Gatten?« Sie ließ ein etwas meckerndes Lachen hören. »Tom! Was hältst du von mir?«

»Ganz, ganz viel, meine Frau in spe.«

»Und wenn wir als Un-Gefreite im Papierkrieg fallen, was dann?«

»Wir fallen nicht«, sagte ich voller Überzeugung. »Wir obsiegen, keine Frage. Merk dir das Wort des Vorsitzenden Mao: *Auch Amtsschimmel sind Papiertiger.*«

Das sah Fiona schließlich ein. »*We shall overcome*«*, sang sie, beflügelt durch einen Schluck flüssiger Birne, die ich in weiser Voraussicht mitgebracht hatte und die sie bereitwilligst akzeptierte – der Stimme wegen, wie sie erläuterte.

»Wie auch immer«, sagte ich und tat es ihr der Stimme wegen gleich, »wir lassen das schwarze Katerle hier nicht zu lange einsam herumlaufen, sondern halten bald Ausschau nach einer älteren Schwester, ob diese nun in ein ehrenwertes Haus kommt oder nicht.«

»Ach ja«, sagte Fiona tief aufatmend und zeigte einen Hauch von Lächeln. »Das wäre schön. Und inzwischen kümmere ich mich um den kleinen Umbau hier.«

»Einen Umbau?« Ich war neugierig.

»Ich dachte mir, du könntest unten in das große Zimmer ziehen, das ich bisher allenfalls als Durchgang zur Terrasse und Abstellraum für meine Malsachen benutzt habe. Das brauche ich nur auszuräumen. Telefon ist schon da. Ein Computeranschluss dürfte kein Problem sein. Und das winzige Duschbad unten, das bestimmt noch aus dem frühen Mittelalter stammt, lassen wir modernisieren. Dann hättest du ein Reich für dich. Gefällt dir diese Idee?«

In der Nacht schickte ich ihr ein Gedicht:

Neulich
unter dem Abendmond
suchte ich niemand
und fand mich.

Gestern
unter dem Morgenmond
suchte ich mich
und fand dich.

* Wir werden obsiegen.

Epilog // Fiona

»Darf ich eventuell in diesem meinem allerliebsten, grasgrünen Gartenoverall heiraten?«, fragte ich Tom.

Tom überlegte. »Aber natürlich darfst du das, meine demnächstige Frau«, kam die Antwort. »Ich ziehe dann ein Hawaiihemd und Bermuda-Shorts an und dicke Socken in Sandalen. Und meinen lange vergessenen Drei-Tage-Bart.«

»Das geht gar nicht – wir haben nur noch einen Tag«, wandte ich ein.

So kam es, dass wir beide dezent gewandet – Tom im Anzug, ich im Hosenanzug (er hatte aber auch Hosen an, trotz der Bezeichnung seiner Bekleidung) – an einem Freitag im März vor dem Standesbeamten erschienen, um unsere Ehe zu eröffnen. Hinter uns waren Mick mit Martina, Philipp mit seiner Frau und Sara aufgereiht, die nur deshalb kommen konnte, weil Tadeusz ihre Kinder von der Schule abholte und während ihrer Abwesenheit bei Laune hielt.

Tom und ich saßen vor dem Standesbeamten, Herrn Salinger, der uns über die Halbgläser seiner randlosen Brille mit fröhlichen, hellblauen Augen ansah. »Ich freue mich besonders, wenn zwei nicht mehr ganz junge …«

»Sagen Sie ruhig: alte«, ermunterte ihn Tom.

»… zwei etwas ältere Menschen den Weg zu mir finden.« Er selbst mochte etwa 45 Jahre zählen, war, wie ich erfahren hatte, Familienvater und ein wunderbarer Begleiter junger Paare durch die übliche Vor-Ehe-Amtsschimmelei. Jedes Mal, wenn es ihm geglückt war, wieder eine Trauung zu vollziehen, die ihm und den Brautleuten wegen des Papierkriegs einiges abverlangt hatte, genehmigte er sich – einem dauerhaltbaren Gerücht zufolge – ein besonders gutes Viertele im Lokal gegenüber dem Rathaus.

»Sie kennen die Formalitäten schon von früher«, meinte Herr Salinger und blätterte lustlos in seinen Papieren. »Die ganzen Belehrungen brauche ich Ihnen nicht vorzulesen, zumal wir unter uns sind. Sie wissen über den Ernst der Ehe schließlich Bescheid, gell.« Er blickte entspannt von einem zum anderen.

»Ja«, sagte Tom, »und deshalb hatte ich Sie gebeten, die alte englische Trauformel zu benutzen, damit meine Braut etwas Abwechslung hat.«

»Was hast du?« Ich bemühte mich um einen drohenden Ton. »Die alte englische Formel, in der die Dame Gehorsam geloben muss?«

»Jaha«, nickte Tom. »Oder wolltest du das etwa nicht geloben? Gibt es Schöneres, als meinem Wort zu folgen?«

Ich machte Anstalten aufzustehen. »Dann geh ich! Gehorchen tu ich nicht!«

»Herr Salinger«, sagte Tom, »für solche Fälle von Widerspenstigkeit haben Sie doch sicher Lasso, Handschellen und Daumenschrauben dahinten im Schrank?«

Herr Salinger nickte bedächtig. »Alles da für solche Fälle.«

Tom hielt meine Hand, seit wir nebeneinander im Hochzeitszimmer saßen. Jetzt drückte er sie ein wenig fester. »Willst du, Fiona, mir gehorchen? So antworte mit Ja«, sprach er.

»Nein«, sprach ich.

»Da kann man nichts machen, Herr Salinger«, sagte Tom achselzuckend. »Dann nehmen wir am besten doch die deutsche Formel. Einen Versuch war's immerhin wert!« Er schaute mich unverschämt glücklich an.

»Grrrh«, machte ich.

Toms Ja kam mit fester Stimme, einem noch festeren Händedruck und einem ermunternden Augenzwinkern in meine Richtung.

»Wollen Sie, Fiona Conradt…«

Ich sah Tom an, der Herrn Salinger ansah, dann mich ansah, dann die Decke ansah. Sie warteten.

»Man wird doch wohl noch überlegen dürfen vor einer derart wichtigen Entscheidung!«, verteidigte ich mich. Und nach einer Pause: »Ja, liebend gern«, und blinzelte zu Tom hinüber.

»Das *liebend gern* steht nicht in den Vorschriften für die Zeremonie«, gab sich Herr Salinger selbst zu Protokoll und lächelte trotzdem. »Jetzt die Unterschriften, bitte.«

Tom musste zu diesem Behufe meine Hand loslassen, die er gleich danach wieder energisch ergriff.

»May I kiss the bride?«*, fragte er mich.

»You may«**, sagte ich mit großzügiger Geste und nach einer Pause: »später.« Ich nahm den kleinen bunten Blumenstrauß, den Tom mir mit auf unseren Weg gegeben hatte, und ließ mich von ihm treulich zum Foyer des Rathauses führen. Dort hatte er einen kleinen Sektumtrunk für uns und das Rathauspersonal arrangieren lassen.

Herr Salinger hob sein Glas. »Auf unser junges Paar«, strahlte er. Alle anderen strahlten auch. Selbst Mick und Phil, wenn auch etwas verhaltener.

Tom stellte sein Glas auf den Tisch, schüttelte Herrn Salinger die Hand und schob mich, nachdem ich seinem Beispiel gefolgt war, in Richtung Ausgang.

»Wollt ihr schon weg?«, fragte Mick erstaunt. »Auf dem Programm steht doch ein Festessen mit uns!«

»Im Pfauen ist alles für euch vorbereitet. Lasst es euch schmecken, Kinder. Wir gehen unsere eigenen Wege.« Er winkte dem kleinen Gästekreis zu.

»Komm, Fiona«, sagte er fröhlich. »Es wird Zeit, dass wir Alten uns emanzipieren.«

Ende

* Darf ich die Braut küssen?

** Du darfst.

Bettina Giese

Dickau findet einen Toten
Kriminalroman

224 Seiten
Format: 13,5 x 20,5 cm
Broschur
€ 13,95
ISBN 978-3-7650-8810-0

E-Book:
€ 8,49
ISBN 978-3-7650-2120-6

Dickau hat den Blues. Seine Frau hat ihn verlassen, er lebt allein als frühpensionierter Lehrer, ernährt sich von Dosensuppen. Da findet er eines Morgens beim Spaziergang mit seinem Hund einen Toten. Unversehens wird Dickau an den Ermittlungen beteiligt, befragt Zeugen, formuliert Theorien. Und spürt derweil dem Scheitern seiner Ehe nach, dessen Schatten er noch nicht entkommen ist. Die Ermittlungen nehmen ihren Lauf und Dickau entdeckt in sich ungeahnte Fähigkeiten. Wird er den Mörder entlarven?

LAUINGER VERLAG

www.derkleinebuchverlag.de
www.lauinger-verlag.de